ménage à trois

Anastasia lernt Max kennen. Aus einer Tasse Kaffee
wird ein erotischer Nachmittag, aus dem erotischen
Nachmittag eine Affäre und aus der Affäre eine
Dreiecksbeziehung zwischen Anastasia, ihrem Mann
und Max.

Oder ist alles anders, als es aussieht?

Anastasia muss sich die Frage stellen:
Können wir die Menschen, die wir lieben, jemals
wirklich kennen?

ménage à trois

Novelle

Fina Regina

Bibliografische Information der Deutschen Nationalbibliothek: Die Deutsche Nationalbibliothek verzeichnet diese Publikation in der Deutschen Nationalbibliografie; detaillierte bibliografische Daten sind im Internet über dnb.dnb.de abrufbar.

Verlag: BoD · Books on Demand GmbH, Überseering 33, 22297 Hamburg, bod@bod.de

Druck: Libri Plureos GmbH, Friedensallee 273, 22763 Hamburg

ISBN: 978-3-8192-9716-8

Für Dich

“Lebe bis zum Punkt der Tränen.”

Albert Camus

1

Heute stelle ich meinem Freund meinen Ehemann vor. Mein Mann weiß nichts davon, mein Freund schon.

2

Ich mache mich vor dem Spiegel im Schlafzimmer fertig. Der Spiegel fängt meinen ganzen Körper ein.

"Was ziehst Du heute an?"

Mein Mann fragt mich ständig, was ich anziehe, damit er neben mir nicht *underdressed* aussieht. Dann kommt er ins Schlafzimmer und sieht mich: Meine Haare gehen bis zu meinem Po. Ich bin 170 cm groß und habe alabasterfarbene Haut und rote Lippen. Heute Abend trage ich Pumps von Christian Louboutin, schwarze Strumpfhosen mit Strapsen (die er noch nicht sehen kann) unter einem schwarzen Rock, und eine weiße Bluse. Meine Busen sind groß, und wenn sie auch nicht mehr die straffsten sind, dann spielen sowohl mein Mann als auch mein Freund ganz gerne mit ihnen. Meine Nippel stehen hervor, nicht nur wenn ich erregt bin. Unter der Bluse trage ich einen BH aus schwarzer Seide, und die Männer werden später die Nippel durch BH und Bluse sehen können. Ich habe das schon oft gemacht, als wir aus waren. Dann hat mein Mann mich gefragt, ob wir das mit Vorsatz machen. Ich habe ihn gefragt, wen er mit *wir* meint, und er hat gesagt, *ihr*, die Frauen. Dann habe ich ihn angeschaut und mich gewundert, wie er so alt werden konnte und immer noch so naiv sein kann. Ich habe ihm gesagt, natürlich, mein Schatz, wir Frauen wissen, wie wir unsere Waffen einsetzen müssen, um die Welt zu beherrschen. Er hat mir die gleiche Frage gestellt, als ich meinen Po in hautenge Jeans zwängte und dazu Pumps trug.

Ich sehe in den Spiegel und trage Lippenstift auf. Unsere Blicke begegnen sich. Dann drehe ich mich um.

"Du siehst umwerfend aus. Wohin gehen wir nochmals?"
Als Dank lächle ich ihn an und werfe ihm einen Kuss zu.

"Wir sind zum Abendessen eingeladen."
Meine Freunde haben ihn noch nie wirklich interessiert.

"Passt, was ich trage?"
Ich mustere ihn von unten nach oben und ziehe an seinem Hemd. Mein Mann trägt auch in seiner Freizeit gerne einen Anzug. Als wüsste er nicht, was er sonst anziehen soll. Für mich ist das OK, es ist besser, als wenn er zu salopp aussieht. Und Dank

seines Jobs ist er gut mit Anzügen ausgestattet. Er hat eine Flasche Wein in einer Geschenktüte in der Hand.

"Ist Wein OK?"

Ich nicke und nehme die Schlüssel von meinem Mini aus der Handtasche.

"Du fährst?"

Zu zweit nehmen wir normalerweise seinen BMW.

"Dann kannst Du etwas trinken."

Ich gehe zu ihm und küsse ihn mit meiner Zunge.

"Hör auf," sagt er, "ansonsten muss ich Dich gleich wieder ausziehen."

Ich spüre, was er meint in seiner Hose.

"Lass das, sonst kommen wir zu spät."

Dann fahren wir mit dem Aufzug hinunter in die Tiefgarage, wo unsere Autos parken, so wie wir im Bett nebeneinander schlafen: er rechts, ich links. Auf dem Weg zum Mini hallen meine Absätze wie Steine auf Marmor. Seine Augen haften an mir, als würde er mich zum ersten Mal sehen.

"Warum nimmst Du nicht den BMW?"

"Mmh. Heute nicht."

Ich habe einen Garagenöffner für die Garage meines Freundes im Auto, aber auch das kann mein Mann nicht wissen. Zum Fahren muss ich die Louboutins ausziehen. Ich schlüpfe in Ballerinas mit einem Leopardenmuster und lege die Louboutins zu meinem Mann auf die Beifahrerseite. Er mustert die Schuhe.

“Was hast Du vor?” fragt er.

Ich drücke den Start-Stopp-Knopf. Der Wagen springt an, ich lege den ersten Gang ein und fahre los. Mein Mann sieht zu mir rüber und sucht in meinem Gesicht nach einer Antwort.

“Was meinst Du?”

“Mit Deinem Outfit?”

“Gefällt es Dir?”

“Wie schon lange nicht mehr.”

Er riecht an den Louboutins und fährt den langen Absatz mit seiner Hand auf und ab.

“Ich will ein paar Augen an meinem Körper kleben haben. Vielleicht auch mehr.”

Ich sehe zu ihm rüber. Sätze wie diese turnen ihn an; die Vorstellung, dass andere Männer sich an mir ergötzen, macht ihn wild. Beim Sex rede ich so mit ihm. Dann ist es beinahe so, als wäre ich mit einem anderen Mann zusammen. Zwischen den Gängen lange ich zu ihm rüber und massiere ihn.

“Lass das, ansonsten habe ich da eine Sauerei.”

Er legt seine Hand auf meinen Oberschenkel, da wo die Strumpfhose aufhört. Ich schiebe seine Hand weg. Mein Mann hat keinen blassen Schimmer, was ich vor habe. Ich bin mir sicher, dass es ihm gefallen wird.

So wie mir.

“Wo ist es?” sagt er, als wir uns dem Hochhaus nähern, in dem mein Freund wohnt.

“Da, in diesem Gebäude.”

“Nicht schlecht. Welcher Stock?”

“Ganz oben.”

Mein Mann ist von solchen Sachen beeindruckt, in welchem Stockwerk jemand wohnt, wie viel etwas kostet oder wie viel jemand verdient. Er will allen zeigen, dass er mehr Geld verdient und sich mehr leisten kann. Oft geht mir sein Geltungsdrang auf den Keks. Er kann einfach nicht nur genießen. Er steht immer im Wettbewerb und muss gewinnen.

“Wird schwierig mit dem Parken.”

Alles kein Problem, sagen meine Augen: Ich öffne das Tor zur Tiefgarage mit der Fernbedienung, als würde ich hier wohnen. Und beinahe fühle ich mich, als würde ich hier wohnen. Ich würde gerne hier wohnen. Manchmal tue ich es ja auch.

“Woher hast Du die denn?”

“Von Sophie. Wenn ich sie besuche. Dann ist es einfacher mit dem Parken.”

Natürlich lüge ich, aber es ist zu früh, um ihn mit der Wahrheit zu konfrontieren. Sophie wohnt nicht hier.

“Sie gibt Dir einen Garagenöffner?”

Ich nicke und fahre die Garage hinab auf den Stellplatz, den mein Mini bereits sehr gut kennt.

“Das nenne ich Freundschaft,” sagt mein Mann.

“Du machst Dir keine Vorstellungen.”

Ich parke und fahre mit dem Sitz nach hinten und wechsle meine Schuhe. Im Make-up-Spiegel checke ich mein Gesicht. Nicht, weil ich es brauche, sondern weil ich will, dass er mich studiert, sich mein Gesicht merkt, im letzten Augenblick der Zweisamkeit unserer Beziehung. Dann hake ich mich an seinem Arm ein und wir gehen zum Aufzug und fahren in das oberste Stockwerk. An der Tür klingele ich, obwohl ich einen Schlüssel habe, aber das würde mein Spiel verraten.

Mein Freund macht auf.

"Schön, dass Du da bist."

Er küsst meinen Mund. Mein Mann steht neben uns und hat keine Ahnung, was er tun soll. Die Hand meines Freundes wandert über meinen Po und kneift ihn liebevoll, aber mit Nachdruck, so als würde er ihm gehören. Dann wendet er sich meinem Mann zu:

"Du musst Asia's Ehemann sein."

Er verwendet meinen Kosenamen, wie ihn sonst nur wenige verwenden, und streckt meinem Mann die Hand entgegen, die gerade noch meinen Po berührt hat. Die beiden schütteln sich die Hände. Nur mein Freund weiß, was gleich passieren wird, und ich lasse meinen Mann ins offene Messer laufen, so wie er das haben will.

"Kommt rein."

Mein Mann reicht ihm die Flasche Wein und sagt:

"Ein Rotwein aus dem Languedoc."

“Das wäre nicht nötig gewesen.”

“Er sollte die richtige Temperatur haben.”

“Mein Mann hat einen dieser Kühlschränke für Weine, sodass sie immer die richtige Temperatur haben,” sage ich zu meinem Freund.

“Danke, Anastasia. Ich glaube, diese Info geht zu weit.”

Mein Mann verwendet meinen richtigen Namen; das tut er, wenn er mich ermahnt und es ernst meint.

“Ihr solltet Euch besser kennenlernen, da gehört ein solches Detail dazu,” sage ich.

Der Blick meines Mannes wandert durch das Apartment.

“Noch niemand da?”

Dann schaut er mich an:

“Und Du warst besorgt, dass wir zu spät sein könnten.”

Er dreht seine Augen nach oben und sieht dabei Max an. Sein Blick soll meinen: Frauen? Was sollst Du von denen schon halten? Erst dann fällt ihm auf, dass der Tisch nur für drei Personen gedeckt ist.

“Bleiben wir zu dritt?”

Mein Freund nickt.

“Asia, vielleicht solltest Du ...”

“Alles zu seiner Zeit.”

“Wovon sprecht Ihr?”

Ich gehe zu meinem Freund und lege meinen Arm um ihn. Ich küsse seine Wange, dann seinen Mund. Mein

Mann steht da und sieht uns an, als hätte ihn der Blitz getroffen. Sein Mund öffnet sich und schliesst sich wieder, wie bei einem Fisch. Dann schluckt er.

"Wollt Ihr etwas trinken?" sagt mein Freund.

"Gerne," sage ich.

"Ich dachte, Du fährst heute," sagt mein Mann. Mein Freund holt die kleinen Gläser aus dem Schrank und die Flasche aus dem Eisfach. Er schenkt ein auf dem Tresen, der die Küche vom Speisezimmer trennt. Mein Freund und ich stehen auf der einen Seite, mein Mann auf der anderen. Die Hand meines Freundes ruht auf meinem Po. Das kann mein Mann nicht sehen, aber erahnen.

"Vielleicht übernachte ich heute hier."
Ich küsse meinen Freund.

"Du kannst hier auch übernachten, wenn Du willst," sagt mein Freund zu meinem Mann.

"Wie bitte? Was machst Du? Und was ist mit der Knutscherei?"

"Auf uns," sage ich, und versenke den Inhalt des Glases in meinem Mund. Die beiden Männer tun es auch. Die erste Runde ist leer, mein Freund schenkt nach. Das Gesicht meines Mannes sieht aus wie ein unausgefülltes Kreuzworträtsel.

"Ich will Dich nicht länger auf die Folter spannen. Max ist mein Freund."

"Dein was?"

"Mein Freund. *Boyfriend*."

"Du hast einen *Freund*? Was soll das denn?"
Ich nicke und küsse Max und drehe Max mit dem Rücken zu meinem Freund, so dass ich meinem Mann in die Augen sehen kann, während ich Max küsse. Meine Hand mit den manikürten Nägeln drückt seinen Kopf auf mein Gesicht. Mein Mann nimmt das Glas und trinkt es aus. Dann nimmt er die Flasche und schenkt sich nach und trinkt aus, ohne abzusetzen. Ich höre auf Max zu küssen und presse ihn an mich.

"Wie geht es Dir?" sage ich zu meinem Mann.
Er schaut mich an und sein Gesicht ist blass, seine Hand zittert. Ich gehe zu ihm rüber und lege meine Hand in seinen Schritt.

"Dachte ich's mir doch."
Dann drehe ich mich zu Max.

"Er ist knüppelhart."
Max lacht und seine Augen sagen: Er hat alles Recht dazu. Die Augen von Max wandern an meinem Körper auf und ab wie ein Scanner. Dann will mein Mann mich küssen.

"Stopp. Regel Nummer eins. Wenn wir bei Max sind, entscheidet er, was Du darfst oder nicht. Wenn Du mich küssen willst, musst Du ihn fragen."
Er schaut mir in die Augen. Ich drücke ihn durch seine Hosen, und er hätte nicht härter werden können. Sein Gerät ist eine Bohrmaschine. Er räuspert sich und sieht mir in die Augen.

“Darf ich meine Frau küssen?”
“Sag seinen Namen.”
Er schaut mich an wie ein Fragezeichen.
“Max. Darf ich meine Frau küssen?”

3

Aber Dich interessiert sicherlich, wie ich überhaupt zu einer Fernbedienung für die Tiefgarage meines Freundes gekommen bin. Und wie ich zu einem Freund und einem Ehemann gekommen bin - gleichzeitig, versteht sich.

Ich lernte Max in einer Tagesbar in der Fußgängerzone kennen. Es ist eine Bar, in die Männer und Frauen gehen, wenn sie einsam sind und nicht alleine sein wollen, ohne sich dies einzugestehen. Unsere Körpersprache verrät uns. Das zumindest sagt Max, als hätte er davon Ahnung. Er konnte mich lesen wie ein offenes Buch.

Ich bestelle einen Kaffee an der Bar und blättere durch ein Frauenmagazin mit den üblichen Fotos von JLo und Kim Kardashian. Die Bar hat diese verträumte Melancholie, die nur Bars haben, in denen die Bedienungen schwarz-weiß tragen, sich die Haare hochstecken und ihren Job ernst nehmen. Der Duft von Kaffee liegt über der Bar wie ein Parfüm einer schönen Frau. Die blonde Barista macht Espresso; sie ist schlank und sexy und passt nur in eine Bar wie diese. Das Geräusch und der Geruch transportieren mich in eine andere Welt. Meine Augen liegen auf ihrem Körper wie eine Decke auf einem Bett. Seine Worte holen mich aus meinem Tagtraum.

"An so einer Bar sollte niemand alleine sitzen."

"Wie kommst Du darauf, dass ich alleine bin?"
Er rückt neben mich, und es ist weder zu eng noch aufdringlich. Als ich mich zu ihm drehe, sieht er die blonde Barista an. Ich studiere sein Gesicht, bis er sich zu mir dreht und mir seine blauen Augen zeigt.

"Ich spreche von mir."
Ohne abzuwarten, signalisiert er der Barista für zwei Kaffee. Die Barista sieht ihn und ist auf Spur. Er hat eine gewaltige Ausstrahlung, das ist sofort klar, aber meine Selbstzweifel machen es ihm an diesem Tag leicht. Seine Aufmerksamkeit tut mir gut, ohne dass ich es mir zu diesem Zeitpunkt eingestehen will.

"Ich heisse Max."

"Anastasia. Meine Freunde nennen mich Asia."
Ich weiss nicht, warum ich ihm das sage. Es ist alles, was ich zu diesem Zeitpunkt über meine Lippen bringe. Sein Anblick überrascht mich. Er nimmt meine Hand und sagt:

"Hallo Asia."

"Das war zu leicht," sage ich.

Seine Augen sind ein Brunnen. Er hat einen Dreitagebart, den ich normalerweise nicht mag und meinem Mann damals schon verboten hatte. An Max gefällt er mir, er sieht damit weder schmutzig noch ungepflegt aus, eher verboten. Er trägt ein Hemd, einen Pullover über Jeans und Adidas-Turnschuhe. Ein wenig Klischee, aber irgendwie passt es zu ihm. Er versucht jung zu sein und wirkt in seinen Klamotten, als wäre er in ihnen groß geworden.

"Was?"

"Deine Anmache."

"Es war nur eine Anmache, wenn Du angemacht werden willst."

Seine Augen suchen etwas in meinen Augen. Ich frage mich, ob ich es will.

"Willst Du?"

Ich sehe in meine Tasse und muss lächeln. Er sieht es und ich spüre seine Blicke auf meinem Gesicht. Er fragt mich, was ich jetzt machen will. Seine Frage kommt so selbstverständlich, als hätten wir uns verabredet. Ich mustere ihn und suche etwas in seinen Augen.

"Ich muss einkaufen gehen. Du kannst die Taschen tragen."

Er bezahlt mit Bargeld und hinterlässt mehr Trinkgeld als nötig. Die Blondine lächelt und bedankt sich mehr als nötig.

Wir machen uns auf den Weg. Er hilft mir in meinen Mantel. Die Blondine beobachtet uns und lächelt, als wolle sie mir gratulieren. Ich schleppe ihn zu verschiedenen Schuhläden und probiere Stiefel mit hohen Absätzen und Pumps an. Ich trage gerne Schuhe mit hohen Absätzen und weiß um den Effekt, den diese Schuhe haben. Ich probiere aus, inwiefern auch Max meinen Füßen und den Schuhen erliegt, ohne zu wissen, warum ich es tue. Die Kreditkarte meines Mannes kauft ein Paar sündhaft teure Schuhe mit sündhaft hohen Absätzen. Mir ist egal, ob sie meinem Mann gefallen oder nicht. Falls es Euch interessiert: Ich sterbe für Schuhe von Christian Louboutin. Sie sind für mich alles, was eine Frau an einem Schuh haben kann. Und so ist auch meine Wahl: Peeptoe Kid Palais Royal Pumps.

Max sieht die Schuhe an meinen Füßen und ihm bleibt ihm die Luft weg, als wäre er unter Wasser. Was nichts an meiner Situation ändert: Ich bin verheiratet und es liegt mir zu diesem Zeitpunkt fern, Ehebruch zu begehen. Aber dann hat Max etwas Jugendliches, etwas Leichtes, etwas, das in meinem Leben vor einiger Zeit verloren gegangen ist. Seine Unbeschwertheit und sein Selbstbewusstsein ziehen mich an. Es ist nicht nur ein Selbstbewusstsein, das er empfindet; sein Umfeld empfindet es, und dies macht ihn attraktiv. Er riecht wie eine Anzeige von Dior und ist so, wie ich mir einen Mann wünsche. Das Glück ist auf seiner Seite: Er ist zum richtigen Zeitpunkt am richtigen Ort und trifft die richtige Frau.

Mich.

Meine Nägel an Händen und Füßen tragen einen französischen Nagellack, den ich alle paar Wochen machen lasse.
        "Hast Du Lust?"
Wir stehen vor meinem Nagelstudio in einer Passage. Gegenüber ist ein thailändisches Restaurant und ein Laden, der gebrauchte, aber nicht günstige Möbel verkauft.
        "Worauf?"
Ich zeige ihm meine Hand. Er schaut mich an und lacht, als wäre meine Frage die normalste der Welt. Er hält mir die Tür auf: Das ist etwas, das mein Mann schon lange nicht mehr macht - außer wir sind auf einer Veranstaltung seiner Firma und ihm fällt es in diesem Augenblick wieder ein, dass er eine Vorbildfunktion hat und soziale Etikette beweisen muss. Die vietnamesische Frau begrüßt mich mit einem Murren, so wie sie es immer tut. Ich gehe seit Jahren in dieses Nagelstudio, weil immer zwei Angestellte an mir arbeiten und Maniküre und

Pediküre parallel fertig stellen. So bin ich nach einer Stunde wieder draußen.

"Haben Sie etwas frei?"

"Name?"

Ich sage ihr meinem Namen.

"Nicht auf Liste. Sie haben keinen Termin."

"Wir brauchen zwei Plätze nebeneinander," sagt Max.

Die Vietnamesin schaut durch ihren Laden. Ganz hinten sind zwei Plätze frei.

"Maniküre und Pediküre?"

"Wie immer," sage ich.

"Bei mir auch," sagt Max.

Ich studiere sein Gesicht. Er meint es ernst.

"Wirklich?"

Er nickt und lässt mir den Vortritt.

"Du wolltest, dass ich mitkomme."

"Ich habe Dich lediglich gefragt, ob Du Lust hast."

"Und wie ich Lust habe."

Er lässt den Satz in der Luft hängen. Seine Augen erzählen, worauf er Lust hat. Ich glaube, rot zu werden, denn die Vietnamesin hört uns zu. Max macht das nichts aus. Aber dann ist er auch nicht die verheiratete Frau auf einem Pfad, der sie von ihrer Tugendhaftigkeit wegführt. Die Vietnamesin sagt:

"Heute Hände und Füße nacheinander. Nicht genügend Personal."

"Dann haben wir mehr Zeit," sagt Max.

"Wollen Sie etwas trinken?"

"Zweimal grünen Tee," sagt Max, als hätte ich meine Willenskraft aufgegeben. Die Vietnamesin schreit etwas durch den Laden und zwei Vietnamesen kommen zu uns. Ich stecke meine Füße in das warme Wasser, und Max tut es auch. Er hat gepflegte Füße.

"Ist nicht Dein erstes Mal in einem Nagelstudio?"

Er schüttelt den Kopf.

"Nein. Ich mache das ab und zu."

"Du bist nicht schwul?"

Ich lächle ihn an: Es wäre auch OK für mich. Dann pocht mein Herz, als ich auf seine Antwort warte. Ich will, dass er schwul ist und einfach nur eine Freundin braucht, mit der er einkaufen gehen kann. Und dann hoffe ich, dass er nicht schwul ist, weil ich ihn haben will. Und dann weiß ich natürlich, dass er nicht schwul ist, und dass mein Seitensprung schon begonnen hat und es keinen Punkt mehr gibt, an dem ich wenden kann.

"Ich kann Dir zeigen, dass ich es nicht bin."

Ich frage mich, ob die Vietnamesen an unseren Füßen zuhören und was sie denken. Er meint es frech und es passt zu ihm. Max ist ein Lausbub mit einem Grinsen im Gesicht. Er könnte ein Agent hinter feindlichen Linien sein, ein Spieler, für den kein Einsatz zu hoch ist, weil er weiß, dass er die beste Hand hat. Er lächelt, als würde er meine Gedanken lesen und in diesem Augenblick stelle ich mir vor, mit ihm zu schlafen. Er ist wie ein Stück Torte mitten in einer Diät. Ich merke das Verlangen in meinem Körper. Es ist ein intimer Augenblick. Ich war davor mit meinen Freundinnen im Nagelstudio gewesen, aber noch nie mit einem Mann.

Wir sind fertig und Max sagt:
        "Wollen wir Essen gehen?"
Er zeigt auf das Restaurant gegenüber. Thai. Regentropfen hämmern auf das Glasdach der Passage.
        "Habe ich eine Wahl?"
Beim Essen nimmt er meine Hand. Ich lasse ihn. Seine Hand ist warm und trocken, seine Haut sanft. Seine Hände könnten von einer Frau sein. Er nimmt etwas Ente mit seinen Stäbchen und füttert mich. Als ich kaue, wischt sein Daumen etwas von meiner Lippe. Sein Daumen verweilt einen Augenblick auf meiner Lippe, bis ich ihn mit meiner Zunge wegschiebe. Wir sehen uns an, als wären wir alleine im Restaurant. Unser Blick ist so heiß, dass er einen Brand verursachen könnte. Die Schmetterlinge in meinem Bauch steigen auf und wollen nach draußen.
        "Zeig mir Deine Füße in den Schuhen."
        "Nochmals?"

"Diesmal mit einem Rock."

Ich trage Jeans.

"Den müssen wir erst noch kaufen."

Natürlich habe ich Röcke zu Hause. Aber wenn, dann muss Max für seinen Rock bezahlen. Er rückt um den Tisch herum und setzt sich neben mich.

"Nichts lieber als das."

Er füttert mich, ich lasse meine Hände in meinem Schoß. Es ist die Bankrotterklärung meines Willens. Er kümmert sich um mich, als wäre ich ein Kind, das gefüttert werden muss.

"Was ist mit Unterwäsche?" sagt er zu mir.

"Ich kenne Deinen Geschmack nicht."

"Ich zeige ihn Dir."

Sein Mund sucht meinen Mund, seine Hand fährt meinen Nacken entlang und legt eine Gänsehaut über mich. Unsere Augen fallen ineinander wie die Tür ins Schloss. Dann küsst er mein Ohr, ich kann ihn und sein Parfüm riechen. Sein Mund wandert meine Wange entlang, bis er meinen Mund findet. Der erste Kuss kommt von ihm. Ich will wissen, wie er küsst, wie er es meint und wie er schmeckt. Er schmeckt so wie er riecht und er küsst so, wie er aussieht.

Später wiederholen wir den Kuss in einer Umkleidekabine. Anfangs ist es ungewohnt, dass er mit mir in die Kabine kommt, aber dann nehmen Prickeln und Adrenalin überhand. Die Blicke der

Frauen bleiben an ihm hängen. Er ist dieser Clooney-Typ, der nie schlecht aussehen kann. Ich probiere verschiedene Unterwäsche an, die er mir in die Kabine reicht, ohne ihm meine Busen zu zeigen. Wann immer ich mich an- oder ausziehe, muss er wie ein Verbannter die Umkleidekabine verlassen. Dann zieht er den Vorhang hinter sich zu und wartet, bis ich ihn wieder aufmache und ihm zeige, was er später haben kann.

4

"Wie lange geht das schon?"

Max schaut mich an, ich sehe Max an.

"Sag es ihm."

Ich sitze auf einem Ledersessel und schlage meine Beine übereinander. Die Augen beider Männer kleben an meinen Beinen. Ich sage es ihm. Er schaut auf den Boden.

"So lange schon?"

Ich nicke und mustere ihn.

"Ist er gut für Dich?"

"Sonst würde ich es nicht machen."

Ich trinke einen Schluck.

"Benutzt Ihr Kondome?"

Ich schüttle meinen Kopf.

"Warum sollten wir? In meinen Augen seid Ihr gleichberechtigt."

Mein Mann steht auf und schüttelt den Kopf. Für einen Augenblick kann ich mir vorstellen, dass er Max verprügelt. Oder mich. Es ist ein Augenblick, in dem

alles passieren kann und in dem sich unsere Zukunft
entscheidet. Er steckt seine Hände in die
Hosentaschen und sieht aus dem Fenster.

"Unglaublich bist Du, unglaublich. Einfach nur
unglaublich."

"Wolltest Du das nicht immer? Oder fällt es
Dir schwer zuzugeben, dass Du immer wolltest, dass
ein anderer Mann Deine Frau vögelt? Oder dass Deine
Frau einen anderen Mann fickt? Schau mich an, wenn
ich mit Dir rede."
Er dreht sich zu uns.

"Während Du zusiehst?"

"Ihr habt es ja gemacht, ohne dass ich dabei
war."
Max stellt sein Glas auf den Tresen.

"Hör' zu," sagt Max zu meinem Mann.
Ich unterbreche ihn und setze mich auf den Schoss
von Max und lege meinen Arm um ihn. Dann küsse
ich Max.

"Du kannst froh sein, dass Max mich mit Dir
teilen will."
Er greift sich in die Hose, um sein Glied
zurechtzurücken.

"Ist es Dir zu eng in Deiner Hose? Du kannst
sie gerne ausziehen," sage ich zu ihm.
Ich küsse Max und knöpfe meine Bluse auf und zeige
den beiden Männern meine Unterwäsche. Meine
Nippel sind sichtbar.

"Zieh' sie aus," sage ich zu ihm.

Mein Mann faltet seine Hose und steht in Boxershorts vor uns, die aufgeblasen sind wie ein Zelt im Wind. Max steht auf und ich mache seine Hose auf und gehe auf meine Knie. Sein Glied ist fleischig, und wenn auch nicht so hart wie das von meinem Mann, dann bedarf es nur wenig Spucke und ein Lecken von meiner Zunge, um ihn zu voller Statur zu bringen. Mein Mann sieht mich an Max arbeiten und langt sich selbst an. Ich schaue über meine Schulter zu ihm, küsse dann die Spitze von Max's Penis und sehe zu Max hoch:

"Siehst Du? Was habe ich Dir gesagt?"

Dann zu meinem Mann:

"Gefällt Dir sein Schwanz?"

Ich halte den Schwanz von Max vor mein Gesicht. Er nickt und arbeitet an sich selbst.

"Hör auf. Ich will nicht, dass Du kommst. Ansonsten muss Max Dir die Hände verbinden."

Das Gesicht von meinem Mann wird rot. Er nickt und fährt sein Glied auf und ab, als würde er es einölen.

"Wir müssen Deine Hände verbinden," sage ich.

"Und zieh' Dich aus. Komplett."

Er legt alles ab.

"Auch die Socken."

Max drückt meinen Kopf fest auf sein Glied. Er ist so tief in meinem Rachen, dass ich würgen muss. Ich hole Luft.

"Verbinde ihm die Hände."
Spucke läuft über mein Kinn und ich wische sie mit meiner Hand weg. Max geht nur ungern weg von mir, sein Glied sticht wie eine Lanze hervor.

"Und dann zieh Dich aus. Zeig ihm, was Du hast," sage ich zu Max.

"Vor seinem Körper oder auf dem Rücken?"

"Was für einen Sinn macht es vor seinem Körper?"
Ich schüttle meinen Kopf und sehe meinem Mann in die Augen. Sein Gesicht sieht aus, als würde es gleich explodieren. Er ist nackt, sein Glied stramm und einsatzbereit. Nur dass er nicht zum Einsatz kommen wird. Aber das weiß er noch nicht. Max verbindet meinem Mann die Hände auf dem Rücken. Er leistet keinen Widerstand. Ich gehe zu den beiden und lasse den Rock auf den Boden fallen. Ich stehe mitten im Raum, in Louboutins, Strapsen und einem BH und sehe nach dem Traum aller Männer aus. Während Max mit meinem Mann beschäftigt ist, nehme ich das Glied meines Mannes in die Hand und fahre einmal hoch und runter. Er macht seine Augen zu und den Mund auf.

"So hart warst Du noch nie. Bedarf es eines anderen Mannes, dass Du so hart wirst?"

Er nickt und wird noch röter.

"Sag es mir, dass es so ist."

Seine Stimme bricht, er räuspert sich und dann:

"Ich muss Dich mit einem anderen Mann sehen, dass ich richtig hart werde."

Max trinkt sein Glas aus. Dann sage ich ihm:

"Zieh' Dich aus."

Max zieht sich aus. Sein Körper hat im Gegensatz zu meinem Mann keinen Bauch, kein Fett, dafür Muskeln an den richtigen Stellen, ohne nach einem Bimbo auszusehen. Er wirkt wie ein junger Sean Connery. Der Blick meines Mannes fährt an Max auf und ab.

"Gefällt er Dir?" sage ich.

Er nickt.

"Du hast einen guten Geschmack," sagt mein Mann zu mir, und dann zu Max: "Du auch."

Ich nehme seinen Schwanz und führe ihn zum Sofa mit dem Blick über die Stadt. Die Jalousien sind offen, wir sind ganz oben, niemand kann hineinsehen. Und wenn, dann wäre es mir egal. Ich bin so erregt, dass mir ein Mann mehr oder weniger nichts ausmachen würde. Max schenkt uns nach, und ich setze mich auf den Schoss meines Mannes und füttere ihn mit dem Glas. Max nimmt das Glas aus meiner Hand und küsst mich. Wir sind nur wenige Zentimeter vom Gesicht meines Mannes entfernt, und er studiert uns wie ein Forschungsobjekt. Ich sehe, wie sein Herz rast. Dann richtet Max sich auf und sein Glied ist auf Augenhöhe.

Ich nehme Max in meinen Mund und lutsche ihn wie ein Lolli. Er ist hart und das Blut pulsiert in den Adern seines Schwanzes. Der Kopf seines Penises ist rot-blau angelaufen. Ich lecke ihn und küsse seinen flachen Bauch.

"So muss ein Bauch sein, siehst Du?" sage ich zu meinem Mann. "Dann kriegst Du auch so etwas."
Ich ziehe meinen BH aus und die beiden starren meine Brüste an, als hätten sie sie noch nie gesehen. Ich küsse die Spitze von Max's Penis. Mein Mann ist so nah dran, er fängt das Sabbern an.

"Willst Du?" sage ich zu meinem Mann. Er weiß, was ich meine. Max nicht.

"Will er was?"

"Dich lutschen."
Mein Mann nickt, sein Blick ein Betteln.

"OK, Du musst brav sein. Ansonsten kriegst Du weder mich noch seinen Schwanz. Hast Du verstanden?"
Er nickt.

"Sag es."

"Ich habe es verstanden."

"Sag mir, dass Du den Schwanz meines Freundes lutschen willst."

"Ich will den Schwanz Deines Freundes lutschen."
Sein Gesicht ist rot, sein Körper zittert.

"Wie heiße ich?"

“Asia.”

“Wie?”

“Anastasia.”

“Warum sagst Du es dann nicht?”

Er schluckt.

“Anastasia, ich will den Schwanz Deines Freundes lutschen.”

Ich sehe am Körper von Max entlang und in seine Augen, meine Hand auf seinem Bauch, dann seiner Brust. Ich hatte mit ihm besprochen, dass mein Mann uns beim Vögeln zusehen wird und ich es ihm besonders gut mache. Mein Mann wird zusehen und leiden, er wird keinen einzigen Tropfen im Apartment meines Freundes lassen. Wir hatten nie darüber gesprochen, dass mein Mann ihn blasen wird.

“Warum willst Du das?” sagt mein Freund zu meinem Mann.

“Was?”

“Einen anderen Mann blasen.”

“Ich will Dich in meinem Mund haben, bevor Du meine Frau fickst.”

“Dazu ist es ja wohl zu spät.”

“Heute Abend, meine ich.”

Seine Stimme ist kleinlaut, er weiß, was er verpasst hat. Ich küsse die Wange meines Mannes.

“Du bist der beste Ehemann, den es gibt.”

Ich nehme Max an den Eiern und führe ihn zum Gesicht meines Mannes. Kurz bevor mein Mann seinen Mund öffnet, sagt Max:

"Hast Du schon einmal einen Mann ... ?"

Mein Mann schüttelt seinen Kopf.

"Es ist das erste Mal."

"Ist er schwul?" fragt mich Max.

Bevor ich antworten kann sagt mein Mann, und das überraschend selbstbewusst, als wäre er der Regisseur des Abends:

"Ich bin nicht schwul. Aber ich sehe gerne schöne Schwänze. Weil ich mir vorstelle, wie meine Frau sie nimmt. Und wie Asia sie bläst. Es hat etwas mit Dominanz zu tun, obwohl ich mir nicht sicher bin, wer beim Blasen wen dominiert."

"Wie meinst Du das?"

"Die Frau ist auf ihren Knien, der Mann steht über ihr. Das ist für mich die klassische Ausgangssituation. Du kannst meinen, der Mann dominiere die Frau, weil er steht und über ihr thront und sie das macht, was er will. Sie schleckt ihn, lutscht ihn, sein Teil, das sonst woanders hingehört. Sie macht ihn hart. Und genau hier meine ich, dass die Frau dominiert. Denn sie gibt ihm, was er will. Mit ihm in ihrem Mund ist er willenlos. Er ist ihr komplett ausgeliefert. Jeder, der zusieht, will es auch haben, will seinen Schwanz in ihren Mund stecken."

Ich streichle meinen Mann und fahre sein Glied einmal auf und ab. Ich will vermeiden, dass er kommt. Ich will, dass er leidet. Sein philosophischer Ausflug in die Welt des oralen Sex hat unseren Akt zum Pausieren gebracht. Max und ich schweigen. Ich weiß nicht, was ich sagen soll.

"Und ich würde gerne spüren, wie sich Dein geladener Schwanz im Mund anfühlt. Was meine Frau fühlt, wenn sie Dich lutscht. Ich will das auch."
Als ob die Aussage Max reicht, sagt er:

"Also bitte."
Er schiebt seine Hüften nach vorne und seinen Schwanz in den Mund meines Mannes. Ich massiere die Eier von Max und streichle seinen Po. Max stöhnt. Dann stehe ich auf und mache ein paar Schritte zurück. Mein Mann bläst meinen Freund, als würden sie sich lieben. Ich kann es nicht glauben. Max sagt nichts. Er schließt seine Augen und wirft seinen Kopf zurück. Scheinbar bläst mein Mann richtig gut. Ich hole mein iPhone aus der Handtasche und schieße ein paar Bilder. Ich habe Lust und kann es nicht erwarten, bis Max sich wieder um mich kümmert.

"Sag mir nicht, dass er besser bläst als ich."

"Besser nicht, aber anders. Vielleicht hilft es, einen Penis zu haben, um zu verstehen, wie es richtig geht."

"Du hast mir nicht gerade gesagt, dass ich nicht weiß, wie ich richtig zu blasen habe?"

Ich gehe zu den beiden und schlage Max mit meiner Handfläche auf den Po. Er tut so, als täte es ihm weh.

"Du weißt, wie ich's meine. Gib ihm ein wenig Anerkennung für das, was er macht. Auch weil es sein erstes Mal ist. Jetzt ist er keine Jungfrau mehr."

Max lacht und zieht sein Glied aus dem Mund von meinem Mann. Etwas Spucke läuft über sein Kinn.

"War ich wirklich so gut, dass Ihr wegen mir streitet?"

Ich sehe die Schadenfreude in seinen Augen. Dann gehe ich auf meine Knie und nehme Max in meinen Mund.

"Jetzt hast Du den direkten Vergleich."

Er nimmt meine Haare und steuert die Geschwindigkeit. Nach wenigen Sekunden zieht er mich von seinem Penis, seine Hände an meinem Kopf.

"Stopp. Du hast gewonnen."

"Ich will Dich. Die ganze Nacht."

Ich sage die Worte und sehe meinen Mann an.

"Schatz, ich will Max die ganze Nacht."

"Wann macht Ihr mir die Fesseln ab?"

"Gar nicht. Du schaust zu."

Er grunzt und merkt, in welcher Situation er ist.

"Lass mich doch wenigstens mich selbst anfassen. Ich explodiere."

"Das kann ich verstehen. Vielleicht sollten wir ihn losbinden?" sagt Max.

"Du hast sie ja nicht alle. Lass ihn so wie er ist." Wir gehen ins Schlafzimmer. Mein Mann stolpert hinter uns her. Ich trage die Schuhe, Strapse und einen absurd kleinen G-String, den Max für mich ausgesucht hat. Ich gehe vor beiden Männern her und weiß, dass ihre Augen an meinem Hintern kleben. Ich bin stolz auf meinen Hintern, er bleibt klein und straff, ohne dass ich mich viel um ihn kümmern muss. Für die meisten Männer ist mein Hintern in engen Jeans das, was sie verrückt macht. Das sagt zumindest mein Mann, und in diesem Fall glaube ich ihm. Meine Beine sind Selbstläufer, lang und gefährlich. Ich nehme den Schwanz von Max in die rechte Hand, den von meinem Mann in die linke und führe sie zum Bett.

"Und jetzt?"

"Du schaust zu," sage ich zu meinem Mann. "Setz' Dich in den Sessel."

Mein Mann ist gehorsam. Nicht, dass ihm etwas anderes übrig bleiben würde.

"Darf ich ihn nochmals in den Mund nehmen, bevor Du ihn in sie steckst?"
Er klingt erbärmlich. In diesem Augenblick ist mir klar, dass ich das richtige tue, dass ich Max verdient habe, auch wenn mein Mann nach diesem Abend die Scheidung einreichen wird. Er fragt nach dem Schwanz meines Freundes, nicht nach mir.

“Max?”

“Ich habe nichts dagegen. Du bläst gut.”

“Jetzt bin ich erstmal dran,” sage ich zu Max, küsse ihn und masturbiere sein Glied mit etwas Spucke.

Sein Mund gleitet über meine Brüste zwischen meine Beine. Ich lege mich auf den Rücken und sehe zu meinem Mann. Max’s Mund ist zwischen meinen Beinen. Das Gesicht meines Mannes ist rot, er starrt uns an wie ein wildes Tier. Sein Glied ist hart und einsatzbereit und ich bin mir sicher, dass er leidet. Würden wir ihm nicht die Hände verbinden, wäre er bereits gekommen und der Spaß wäre vorbei. Max steht auf und geht zu meinem Mann und hält ihm den Schwanz vor sein Gesicht. Ich schaue ihn an und sage:

“Ernsthaft? Willst Du mit meinem Mann schlafen oder mit mir?”

“Ich habe es ihm versprochen.”
Mein Mann nimmt ihn in den Mund und lutscht das Glied meines Freundes wie eine Eiscreme an einem heißen Tag.

“Du spinnst,” sage ich zu ihm.

“Er wollte es.”

“Es ist egal, was mein Mann will. Ich will, dass Du mich fickst. Jetzt.”

Ich fahre mit meinem Mittelfinger durch mich und zeige Max, wie feucht ich bin. Dann lecke ich mir den Finger ab. Mein Freund zieht seinen Schwanz aus dem Mund meines Mannes.

"Du hörst, was sie sagt."
Mein Mann zuckt mit den Schultern. Max kommt zu mir ins Bett.

"Willst Du ihn auch lutschen?"
Ich nehme den Penis von Max und rieche an ihm. Ich bilde mir ein, dass er nach der Spucke meines Mannes riecht. Ich spreize meine Beine und Max entert mich langsam und vergräbt sein Glied in mir. Er ist nur unwesentlich länger als mein Mann, aber dicker, fleischiger, als hätte sein Penis Übergewicht. Er tut mir gut, und an seinen Stößen merke ich, dass Max es liebt. Er fickt mich, wenn's sein muss, er macht es mir dreckig und hart, und dann auch wieder sanft, als wäre ich die Frau seines Lebens, die er nicht beschädigen will und der er nicht wehtun will. Ihm gelingt das alles in wenigen Minuten, wenn wir alleine sind. Heute gibt er Gas und zeigt meinem Mann, welches Tempo er abrufen kann und welche Ausdauer er hat. Ich stöhne und komme. Mehrfach.

Die Situation ist sexy; ich sehe in die Augen meines Mannes, ohne ihn zu sehen. Er ist stumm, seine Augen glasig und voller Lust, geladen wie ein Schiff, das zum Untergehen verdammt ist. Er kann sich nicht anlangen; ich weiß, dass er gerne masturbiert, wenn er sich Filme im Internet anschaut, von Frauen mit zwei Männern oder Ehefrauen mit ihren Liebhabern, ihre Männer zu Zuschauern degradiert, so wie er jetzt. Nun passiert es live vor ihm. Ich habe ihm die Hoheit über seine Frau genommen und sie vor seinen Augen einem anderen Mann gegeben; einem anderen Mann, den ich, wäre ich nicht schon verheiratet, heiraten würde, weil er mich zu einer wahren Frau macht und alles tut, was ich von ihm will, der sogar meinen Mann beim Sex zusehen lässt.

Und ich habe ihm seine Fähigkeit genommen, sich selbst zu befriedigen; etwas, das er sonst macht, wenn er mit dem iPad auf der Toilette verschwindet und sich Videos im Internet ansieht. Die Klospülung verrät, wann er gekommen ist. Warum auch immer, er löscht die Browser History und die Cookies, als würde er vermeiden wollen, dass ich sehe, welche Pornos er sich im Netz ansieht.
Wenn wir es treiben, erzählt er mir davon: Von Frauen, die leicht sind und sich andere Männer nehmen, von *Hot Wives*, die von ihren Männern hergerichtet werden, so dass ein anderer Mann es ihnen machen kann, während ihr Ehemann ihnen zusieht. Ich weiß genau, was er will, und daher geht meine Wette mit dem heutigen Abend auf. Ob das am

nächsten Tag noch so sein wird, weiß ich nicht, aber dann ist meine Ehe schon gescheitert.

Mein Mann sitzt auf dem Sessel, seine Hände hinter ihm gefesselt. Er ist nackt, sein Glied hart. Er schwitzt, sein Gesicht ist rot. Ich weiß, dass er ein gesundes Herz hat, ansonsten wäre es Totschlag. Ich weiß nicht, was ihm mehr weh tut: Die Fesseln an seinen Händen oder die Unfähigkeit, sich zu entleeren.
In unseren Liebesspielen ist es seine Bitte, dass ich ihn nicht kommen lassen soll; ich habe dies so lange gemacht, bis ich keine Lust mehr hatte. Dann spritzte es aus ihm wie aus einer Fontäne.

Max zieht sein Glied mit einem Plopp aus mir; es kann sein, dass ich mir dies auch nur einbilde, als wäre ich in einem Film, den sich mein Mann ansieht. Er schlägt sein fleischiges Glied gegen meine feuchte Liebeshöhle.

Max dreht mich um wie ein Spielzeug und nimmt mich von hinten. Er dreht mich so, dass ich in die Augen meines Mannes sehe, wenn ich den Kopf hochnehme. Mein Mann steht auf und kommt zu uns wie ein Dackel, dessen Schwanz mit jedem Schritt wackelt. Sein Glied ist vor meinem Gesicht; es sieht verlockend aus, geschwollen, wie das Glied eines

Tieres, das um das Überleben seiner Spezies ficken muß: Es wirkt animalisch, verboten, ein Tabu, wie alles, was wir machen. Ich würde ihn gerne in meinen Mund nehmen, spüren, schmecken, wie ein Tier es tut.

Laut unseren Regeln muss Max entscheiden, ob ich ihn in den Mund nehmen darf oder nicht. Ich kann nicht sehen, was die beiden Männer machen und ob sie sich in die Augen sehen. Bevor ich Max fragen kann, sagt er:

"Nimm' ihn in den Mund."

Ich grunze wie ein Tier und stöhne wie das, was ich bin, und richte meinen Kopf auf. Mein Mann steckt mir seinen Schwanz ins Gesicht, seine Hände hinter ihm. Ich nehme ihn in den Mund. Es ist nicht leicht, ihn dort zu behalten, wo er sein muss. Ich bin auf meine Ellenbogen gestützt und Max fickt mich, als hätte er eine Rechnung mit mir offen. Mein Mann stöhnt, als wäre dies seine Erlösung. Ich kann den Penis meines Mannes nicht mit meinen Händen fixieren und bin auf seine Balance angewiesen, damit er in meinem Mund bleibt. Er muss seine Stöße so takten, dass sie denen von Max nicht entgegenkommen, sondern eine Welle bilden, die von hinten, aus den Hüften von Max, kommt und sich bis zum Schwanz meines Mannes in meinem Mund fortsetzt. Nach ein paar Sekunden haben sie es raus, als hätten sie sich abgesprochen oder sehr viel Übung darin; das denke ich mir erst viel später.

Ich habe mich noch nie so sexy gefühlt wie in diesem Augenblick: aufgespießt von meinem Mann und meinem Freund. In der Welt, aus der ich komme, war es verboten, davon zu träumen, zwei Liebhaber zu haben. Frauen waren immer das Spielzeug reicher, gutaussehender Männer, nicht andersherum. Und hier bin ich, zwischen dem Schwanz meines Mannes in meinem Mund und dem Penis meines Freundes in mir, und ich benutze beide für meine Freude, schamlos und ohne Zurückhaltung. Ich habe noch nie mit zwei Männern gleichzeitig geschlafen und es immer als verrückte Fantasie abgetan. Mit den beiden Schwänzen in mir spüre ich, wie glücklich sie mich machen, wie glücklich ich sein kann und wie sehr es das ist, was ich will und was ich brauche. Ich spüre beide in mir, den einen vorne, den anderen hinten und es ist das beste Gefühl der Welt.

Als ich Max kennengelernt hatte, fing ich wieder an, die Pille zu nehmen. Ich wollte ihn spüren, roh und direkt auf meiner Haut, kein Kautschuk oder Latex zwischen uns. Der Sex mit Max war der Weckruf, dass mein Leben zu kurz war, um es einem Mann zu geben, der mich viel zu selten nahm. Ich stehe in der vollen Blüte meiner Sexualität, mit einer Libido, die so viel Appetit hat wie ein ausgehungerter Seemann;

Stress mit dem Ehemann ist das Letzte, das ich will. Ich weiß nicht, ob mir diese Gedanken durch den Kopf gehen, während ich damit beschäftigt bin, meinen Freund und meinen Mann gleichzeitig zu benutzen, um ein Maß an Befriedigung zu erhalten, wie ich es noch nie hatte.

Jetzt, wo ich diese Zeilen schreibe, kommt es mir vor, dass es so war. Für mich ist dieser Abend nicht nur ein Fickmarathon, der mir gut tut; für mich ist das Erlebnis mit den beiden Männern eine philosophische Erkundung meines Lebens. Ich habe die Ängste vor dem Verlust meines Mannes und des sozialen Stigmas einer Scheidung eingetauscht gegen eine vollkommene Befriedigung, gegen Lust und die Abschaffung der Sünde. Das Erlebnis ist eine Läuterung, eine Wiedergeburt und eine Auferstehung. Ich frage mich, warum ich diese Begierde nicht vorher in mir erkannt habe. Jetzt, wo ich sie greifen kann, ist es wie eine Dose der Pandora, die ich nicht mehr zu schließen vermag.

Max kommt in mir. Weder er noch ich sind Fans davon, wenn Männer ihren Samen über das Gesicht einer Frau ergießen. Max gefällt meine Enge und er sagt, dass er nur in mir auch den letzten Samen aus sich herauspressen kann. Mir gefällt es, wenn sein Schwanz dicker wird und die Spermien in mich schießen, als wäre er auf dem Jahrmarkt. Es ist viel, auch ihn hat die Situation angemacht. Er zittert ein wenig, legt sich von hinten auf mich. Er ist schweißgebadet und küsst mich. Dann steht er auf, zieht sein Glied aus mir, mit einem Plop. Sperma tropft auf die Decke unter mir. Ich sacke auf das Bett, der Schwanz meines Mannes aus meinem Mund. Ich drehe mich auf den Rücken, erschöpft und glücklich.

"Ich bin noch nicht fertig," sagt mein Mann und hält mir sein nasses Glied vor die Nase.

"Regel Nummer zwei: Du kannst keinen Sex mit mir alleine haben, außer Max stimmt dem zu."
Max ist in der Küche und holt Wein.

"Das ist nicht Dein Ernst?"
Ich nicke und mache die Augen zu.

"Max?" ruft mein Mann. "Max? Sag meiner Frau, dass sie mich lutschen darf."
Max kommt mit einer Flasche und zwei Gläsern ins Schlafzimmer. Sein Glied ist auf Halbmast.

"Was denkst Du? Willst Du ihn kommen lassen?"
Er schenkt ein und reicht mir ein Glas. Dann küsst er mich.

"Du warst wunderbar."

"Du auch, Schatz."

"Du nennst ihn auch Schatz?" sagt mein Mann.

"Dann komme ich nicht durcheinander."

"Was ist jetzt?" sagt mein Mann.

"Ich denke lieber nein. Lass uns noch eine Runde warten."

Ich schaue ihn an und sehe den Schmerz in seinem Gesicht. Er ist ein Einzelkind und nicht gewohnt, zu teilen.

"Aber Max konnte schon kommen, ich nicht."

"Na und? Wir sind bei Max zu Hause, heute geht es um ihn. Wenn Du Dich beherrschst, machen wir es vielleicht auch einmal bei uns. Dann gelten die gleichen Regeln, nur andersherum," sage ich. Dann zu Max, aber so, dass mein Mann es auch hört:

"Keine Angst, ich werde es nicht so weit kommen lassen."

"Schaut Euch meinen Schwanz an. Er wird explodieren."

Mein Mann macht eine gute Figur dafür, dass er mit gefesselten Händen zugesehen hat, wie ein Mann, dem ich ihn wenige Minuten vorher als meinen Freund vorgestellt habe, seine Ehefrau durchgefickt hat und in ihr gekommen ist.

"Kriege ich wenigstens ein Glas Wein?"

Ich stehe auf und lasse ihn von meinem Glas trinken. Er sieht mich an und ist weniger entspannt als zuvor.

"Warum lässt Du ihn kommen und mich nicht? Ich will in Dir kommen, in seinem Saft."

"Im Internet nennen sie es 'sloppy seconds'", wirft Max von der Seite ein.

"Danke, Max, das ist wenig hilfreich."

"Ich kann mit Dir fühlen, wenn Dein Schwanz kurz vor dem Explodieren ist. Aber so sind nun einmal die Regeln."

Mein Mann trinkt das Glas leer. Sein Blick ist wütend. Ich lange ihm an den Schwanz.

"Was?"

Ich nehme sein Gesicht in meine linke Hand und drehe es zu mir. Meine rechte Hand ist auf seinem steifen Glied.

"War er gut?" sagt er.

"Sehr gut."

Meine Augen bestätigen es. Er schüttelt den Kopf.

"Du musst mich kommen lassen. Ich halte es nicht mehr aus."

"Ich kann mich auf Dein Gesicht setzen und Du kannst Max aus mir herauslecken, wenn Du willst."

Er schaut mich an und ich merke, wie ihm die Worte fehlen. Dann sagt mein Mann:

"Jetzt bist Du die Frau, die ich immer wollte."

5

Ich probiere bei unserem Kennenlernen so viel Unterwäsche an wie noch nie zuvor in meinem Leben. Schwarz, rosa, rot, weiß, hautfarben, mit Korsett und ohne, halterlose Strümpfe und Strümpfe mit Strapsen, G-Strings, Hotpants: Alles, was die Läden hergeben. Nicht, weil ich Unterwäsche brauche. Nein, es macht mir Spaß. Und weil ich will, dass Max mich in ihr sieht. Er hat keine eigenen Bedürfnisse, alles dreht sich um mich. Er hat alle Zeit der Welt. Meinem Mann hätte ich zu diesem Zeitpunkt maximal ein Grunzen aus dem Mund zaubern können. Wenn Max meine Brüste in einem neuen BH sieht, sehe ich Begeisterung in seinen Augen und tierisches Verlangen.

Er steht vor der Umkleide und hält den Berg Unterwäsche in seinen Händen.
  "Willst Du die alle nehmen?"
Er sieht auf die Fetzen Stoff in seinen Händen.

"Ich habe Lust auf eine Modenschau."

Er schmunzelt und sieht mich an. Sein Blick löst etwas in mir aus, das ich lange nicht mehr gespürt habe. Und das ich vermisse.

"Bei mir zu Hause."

"Worauf Du Lust hast."

"Noch viel mehr, als Du Dir denken kannst."

Er küsst mich, mitten im Laden. Die anderen Frauen, es sind fast nur Frauen, sehen uns an und ich meine, dass sie mich um ihn und um mein Glück beneiden. Er nimmt mich bei der Hand.

"Komm', wir gehen."

An der Kasse lasse ich ihn bezahlen, weil ich es schön finde, dass er mir Unterwäsche kauft, als wollte er mich einkleiden und von mir Besitz ergreifen.

"Wir gehen zu mir," sagt Max.

"Wo wohnst Du?"

Er zeigt auf einen Turm mitten in der Stadt.

"Was machen wir, wenn wir bei Dir sind?"

"Du schaust aus dem Fenster, und ich schaue Dich an."

"Solange wir uns nur anschauen, geht das."

"Mach Dir keine Gedanken. Ich tue nichts, was Du nicht willst."

"Das ist schade," sage ich.

Ich hake mich bei ihm ein. Er trägt die Einkaufstüten.

"Ich muss Dir was sagen."

Ich gehe davon aus, dass mein Geständnis den gemeinsamen Nachmittag beendet.

"Es gibt nichts Schlimmeres als Sorgen im Gesicht einer schönen Frau."

"Weißt Du eigentlich immer, was Du sagen musst?"

"Ich versuche es."

Ich nehme seine Hand, er legt seinen Arm um mich. Ich fühle mich wie ein verliebter Teenager. Und weiß, dass es damit gleich zu Ende ist.

"Ich bin verheiratet."

Er geht weiter und lässt sich nichts anmerken, schaut mir in die Augen, als hätte ich es nicht begriffen.

"Ich weiß."

Ich bleibe stehen und sehe ihn an.

"Woher weißt Du das?"

Er küsst mich, als hätte mein Geständnis nichts an unserer Situation geändert.

"Das macht Dir nichts aus?"

"Dass Du verheiratet bist?"

"Ja."

"Nein."

Ich schüttle meinen Kopf.

"Du bist ein Draufgänger."

"Und Du eine Ehebrecherin."

Ich schüttle meinen Kopf und mache dieses Geräusch des Tadels mit der Zunge in meinem Mund.

"Noch nicht."

“Du bist auf dem besten Weg. Ich glaube nicht, dass Du jetzt noch umdrehst. Oder umdrehen *kannst*. Vom *Willen* wollen wir hier gar nicht sprechen.”

Er hält mich fest und riecht gut und ich bin glücklich und empört, dass er nicht empört ist. Dann dämmert es mir: Max ist auch verheiratet.

“Und Du?”

“Was ist mit mir?”

“Verheiratet?”

“Ich bin Dir einen Schritt voraus.”

“Was meinst Du?”

“Ich bin geschieden.”

“Oh, dass das mal klar ist. Egal, was Du mit mir machst, ich will mich nicht von meinem Mann trennen.”

Er sagt nichts und wir laufen weiter, als wäre nichts passiert. Vielleicht will er mich nur für einen Nachmittag haben, einen Fick in seinem Apartment. Dann könnte ich wieder zu meinem Mann zurückgehen, und vielleicht hätte der Seitensprung mir und meiner Ehe gut getan. Ich weiß es nicht, ich hoffe es, und, dass er mir nicht total den Kopf verdreht.

“Woher wusstest Du, dass ich verheiratet bin?”

“Deine Körpersprache.”

“Was meinst Du?”

“Eine Frau wie Du Single? Das gibt es nicht. Du hoffst auf den richtigen Mann: Wenn er Dich anspricht und Dir das Gefühl gibt, das Dir fehlt, wonach Du Dich sehnst, dann kennst Du keine Grenzen."

Er drückt mich an sich.

"Das hättest Du wohl gerne," sage ich.

"Nicht so sehr, wie Du es willst. Kennst Du Deine Begierden?"

Ich habe keine Ahnung, was ich ihm sagen soll und habe Angst davor, dass er Recht haben könnte. Kennt Max mich besser als ich mich?

"Dein Körper sagt, dass Du unglücklich bist, dass Du einen Mann brauchst, der Dir Liebe zeigt und bei dem Du im Mittelpunkt stehst. Deine Körpersprache verrät das. Du kannst es nicht verstecken."

Ich schaue ihn an. Er hat es richtig zusammengefasst; das würde ich aber nie zugeben.

"Und der Dich gut durchfickt."

Er hält mich wie eine Trophäe. Ich stoße mit meiner Hüfte auf seine Seite.

"Rede nicht so mit der Frau eines anderen Mannes."

"Sag' mir, dass es nicht so ist," sagt er.

Ich bin eine schlechte Lügnerin,

"Dachte ich mir."

Sein Lächeln ist entwaffnend.

"Dennoch. Ich habe einen Mann. Du solltest Respekt davor haben."

“So wie Du?”

“Du kannst nur hoffen, dass er das nicht mitbekommt.”

“Wieso?”

“Meinem Mann würde es vielleicht sogar gefallen.”

“Was?”

“Uns zuzusehen.”

Ich weiß nicht, warum ich das sage. Vielleicht weiß ich, dass es der einzige Weg sein wird, Max und meinen Mann gleichzeitig zu haben. Aber vermutlich habe ich Angst davor, alleine mit einem anderen Mann zu sein; kann es sein, dass ich meinem Mann zeigen will, wie es sein könnte, wenn unsere Ehe funktionieren würde? Wie Leidenschaft aussieht und was uns verloren gegangen ist?

“Das ist nicht Dein Ernst.”

“Doch.”

“Erzähl’ mir von Deinem Mann.”

Wir kommen in seinem Apartment an, ganz oben, mit dem Blick über die Stadt, wie ihn jeder haben will. Sein Apartment ist hell und groß und der perfekte Ort für das, was wir vorhaben. Der Duft frischer Blumen weht durch die Wohnung; diese sieht nicht nach einem Junggesellen-Apartment aus. Im Gegenteil.

“Wow.”

Er reicht mir die Tüten, zeigt auf das Schlafzimmer.

"Zieh' Dich um."

Ich gehorche und nehme die Tüten und gehe in sein Schlafzimmer. Die Fenster reichen bis zum Boden. Max hat keine Vorhänge: Niemand kann hineinsehen.

Ich ziehe das erste Set Unterwäsche an, alles in Rot und die Louboutins. Ich gehe in das offene Wohnzimmer, wo Max mit seinem Handy spielt. Er sieht mich und seine Augen klatschen.

"Ich weiß nicht, wie ein Mann eine Frau wie Dich vernachlässigen kann. Ich könnte es nicht."

"Warte mal ein paar Jahre ab, dann kannst Du es auch."

Er schüttelt seinen Kopf.

"Niemals."

Ich zeige auf sein Handy.

"Erzählst Du Deinen Freunden von Deiner neuesten Eroberung?"

Er macht ein Foto von mir. Ich posiere für ihn, so wie ich schon lange nicht mehr für einen Mann posiert habe. Es macht mich an, ich fühle mich gut dabei.

"Bist Du meine neueste Eroberung?"

Er sitzt auf einer dunklen Couch mit dem Blick über die Stadt. Er hat seine Schuhe ausgezogen und wirkt wie in einer Strandbar. Ich mache ein paar Schritte auf ihn zu, dann gehe ich auf alle Viere und bahne mir meinen Weg über den Teppich wie ein Löwe.

"Oh, Du wirst immer besser."

Ich sehe die Reaktion in seiner Hose. Ich komme bei ihm an und er spreizt die Beine. Ich richte mich zwischen seinen Beinen auf und küsse ihn, er küsst mich. Es ist ein Kuss, der mir sagt, dass wir niemals aufhören sollen. Dann zieht er meinen BH aus und nimmt meine Brüste in seinen Mund. Er saugt an meinen Nippeln wie ein kleines Kind. Ich mache seinen Gürtel und sein Hemd auf. Er ist braungebrannt und muskulös, als wäre er ein Urlaubsflirt an einem Strand. Als er nackt ist, nehme ich ihn in meinen Mund. Er hält mein Haar zusammen hinter meinem Kopf und mustert mich.

"Weißt Du, wie schön Du bist?"

Er ist fleischig, breiter als mein Mann, und er schmeckt nach einer Creme, deren Geschmack ich nicht zuordnen kann.

"Cremst Du ihn ein?"

"Schmeckt er Dir nicht?"

"Doch. Pfefferminz. Belebend. Als ob er das bräuchte."

Ich nehme ihn wieder in den Mund und er schmeckt mir wie meine Lieblingsmahlzeit. Dann stehe ich auf. Meine Beine sind endlos in den Schuhen. Er dreht mich um und küsst meinen Po und leckt mich von hinten, seine Zunge tief.

"Lass' das, ich habe mich nicht gewaschen."

"Du schmeckst nach Anastasia."

Ich presse seinen Kopf gegen meinen Po und er vergräbt seine Zunge in mir, als würde er nach Trüffel suchen. Ich schäme mich für meinen Geruch, und gleichzeitig kann ich mich nicht erinnern, wann mein Mann dies das letzte Mal getan hat. Dann habe ich genug von seiner Zunge. Ich will ihn. Ich drehe mich um und rutsche auf seinen Schoß. Ich sehe ihn mit einem Fragezeichen an, noch einmal, bevor ich ihn das tun lassen werde, warum er mich angesprochen hat. Wenige Stunden zuvor. Ich reflektiere nicht, ob es richtig ist oder falsch, ich bin ein Tier, das seiner Hitze erliegt. Meine Augen sind glasig, mein Körper sehnt sich nach ihm, nach der Erfüllung, die er mir bringen wird, wenn er endlich in mir ist. Er sieht mich an und steckt mir den Finger in den Mund; ich lutsche an ihm.

"Lass uns ins Bett gehen," sage ich. "Hast Du welche da?"

"Was?" sagt Max zu mir.

"Kondome."

"Du hast Recht."

Er nimmt mich, steht auf, und ich schlage meine Beine um seine Hüften. So trägt er mich in sein Schlafzimmer. Die Unterwäsche, die ich noch nicht anprobiert habe, liegt auf dem Bett. Er wirft mich auf das Bett und Teile der Unterwäsche fallen auf den Boden.

Ich will den G-String ausziehen und die Strapse aufmachen.

"Lass' die Schuhe an," sagt Max, "lass' alles an. Es ist perfekt."

Ich lehne mich zurück und lasse mein Haar über die Matratze auf den Boden fallen. Kopfüber schaue ich aus dem Fenster auf die Stadt. Dann spüre ich seine Zunge in mir. Er steckt seine Finger in mich. Die Anspannung verlässt meinen Körper und meine Hingabe kommt einem Geständnis gleich. Ich spüre ihn nicht mehr und vermisse ihn bereits in dem Augenblick, in dem er mich nicht mehr anlangt. Die Verpackung des Kondoms knistert. Sein verpackter Penis fährt einmal auf und ab wie ein Flugzeug, das auf die Landeberechtigung wartet; als er feucht genug ist, nimmt er meine Hüften und landet in mir. Er ist breiter, wesentlich breiter als mein Mann. Nach ein paar Minuten nimmt er meine Beine und legt sie sich über seine Schultern. Er schiebt sich tief in mich und erzwingt mein Stöhnen; ich zittere wie ein Erdbeben. Sein Penis gleitet ohne Reibung aus mir raus und wieder rein. Max findet einen Rhythmus, der mich glücklich macht.

An dieser Stelle muss ich einschieben: Zu sagen, dass ich mich von einem anderen Mann glücklich machen lasse und dabei meinen Mann vergesse, stimmt nicht.

Wenn Max mich nimmt, denke ich an meinen Mann und frage mich, was er gerade macht, und ob mein Seitensprung ein Grund für ihn ist, mich zu verlassen. Dann spüre ich Max und wie gut er mir tut, und das Gefühl des Glücks zwischen meinen Beinen schiebt alle Sorgen und Gedanken beiseite wie eine Therapie. Ich will meinen Mann nicht verlassen, ich liebe ihn. Aber ich brauche das, was Max mir gibt. Mehr als je zuvor.

Seine Stöße werden intensiver, als bohre er nach Rohstoffen. Ich rutsche über die Matratze, mein Kopf hängt hinunter, die Welt steht Kopf. Er hört auf und zieht mich an meinen Hüften auf das Bett.

"Ich will Dein Gesicht sehen, wenn Du kommst," sagt er.

"Du bist zu spät."
Ich lache und er lacht und sein Lachen ist wunderbar und ich könnte mich an sein Lachen gewöhnen. Und an ihn.

"Wenn Du nochmals kommst."
Er pausiert und beugt sich zu mir runter und küsst mich. Meine Lippen erleben ihn intensiv.

"Willst Du eine andere Position ausprobieren?"

"Nein, ich will *Dein* Gesicht sehen, wenn *Du* kommst."
Er zieht ihn aus mir und ich merke, wie feucht ich bin.

"Warte, ich bin gleich wieder da."

“Was machst Du?”

Er geht ins Bad und holt ein Handtuch.

“Ich spüre nichts.”

Er macht seinen Penis und das Kondom trocken, dann mich. Ich sehe ihn an. Es sieht aus, als würde er putzen.

“Du spürst nichts?”

“Zu wenig Reibung,” sagt er und grinst.

“Zieh’ das Kondom aus.”

“Wirklich?”

“Du willst mich spüren. Zieh’ es aus.”

Er zieht das Kondom aus und es macht dieses Geräusch dabei. Er wickelt es in das Handtuch und wirft beides auf den Boden.

“Versuche, nicht in mir zu kommen.”

“Was, wenn es mir nicht gelingt?”

“Fick’ mich einfach und ziehe ihn raus, bevor Du kommst.”

Seine Hand fährt den Penis auf und ab. Dann steckt er ihn in mich und seine Augen sagen mir, dass es ihm jetzt besser gefällt. Dann pumpt er wie ein Wilder, zunächst langsam und dann immer schneller und seine Hüften und meine Hüften sind wie zwei Hälften, die zusammen etwas Ganzes ergeben. Wir sehen uns in die Augen und ich spüre seine Seele in ihnen so intensiv wie sein Glied in mir. Seine Stöße sind kraftvoller, zumindest bilde ich mir das ein. Die Tatsache, dass ich einen Mann, der mich vor wenigen

Stunden in einem Bistro angesprochen hat, erlaube, mich in seinem Apartment am hellichten Tage ohne Kondom zu ficken, ist ein Adrenalinrausch. Ich tue etwas Verbotenes; ich tue es für mich und es tut mir gut; und gleichzeitig habe ich Angst davor, mich so weit von meinem Leben wegzubewegen, wie ich es noch nie getan habe. Vielleicht bin ich auch so nah an der Wahrheit meiner Leidenschaften wie nie zuvor. Ich komme und meine Knie zittern. Dann ist er dran: Er zieht seinen Penis aus mir und bevor er oder ich etwas machen können, spritzt seine Ladung auf meinen Bauch, meine Busen. Die ersten beiden Spritzer landen in meinem Gesicht. Er hat eine hohe Schusskraft und eine volle Ladung.

"Entschuldige," sagt er.
Ich schiebe das Sperma mit seiner Hand von meiner Wange in meinen Mund.

"Jetzt weiß ich, wie Du schmeckst."
Ich lecke seine Finger wie Eis am Stiel. Er beugt sich zu mir.

"Du warst wunderbar."
Er küsst mich.

"Ich habe Dich gebraucht."

"Gehst Du immer mit dem erstbesten Mann nach Hause und lässt Dich durchficken?"

"Wenn Du es so sagst, klingt es obszön."

"So meine ich es."

"Bislang nur mit Dir."

“Bislang? Habe ich Dich auf den Geschmack gebracht?”

“Du hast die Messlatte sehr hoch gesetzt.”

“Danke für das Kompliment,” sagt Max.

Er küsst mich, meine Busen und holt das Handtuch und wischt sein Sperma von mir.

“Es wäre schön, wenn wir es wieder machen könnten."

Ich ziehe die Bettdecke über uns und sehe ihn an.

“Du willst keinen One-Night-Stand?”

“Es ist hell draußen. Wie kann ich einen One-Night-Stand wollen?”

Er lacht.

“Du weißt, wie ich's meine.”

“Ich bin verheiratet.”

“Erzähl mir von Deinem Mann.”

6

"Dein Mann will Dir zusehen, wie Du es mit einem anderen Mann treibst?"
Ich nicke.
"Hast Du das auch?" sage ich zu Max.
"Es ist pervers. Ein Tabubruch."
"Hast Du es, oder nicht?"
"Ich glaube schon. Und Du?"
"Es ist geil, wenn eine Frau zwei Männer hat."
"Hattest Du schon einmal zwei?" sagt er.
"Leider nicht. Aber ich stelle es mir heiß vor, wenn die Männer schön sind. Wie in einem französischen Film."
Ich drehe mich zu ihm.
"Was sind für Dich schöne Männer?"
"Sie müssen so sein wie Du."
Er küsst mich.
"Keine Tattoos. Und keine langen Haare."
Ich fahre durch seine Haare.
"Du bist perfekt, so wie Du bist," sage ich.

Er küsst mich lange und mit seiner Zunge.

"Hättest Du es gerne?"

"Was?"

"Mit zwei Männern?"

Ich flüstere ihm zu, dass ich es will. Er fährt mit seinem Daumen über meine Lippen und lässt mich an ihm lecken. Die andere Hand wandert in mich. Ich bin immer noch feucht. Und schon wieder. Wir sind nass voneinander und es ist das beste Gefühl, das es gibt. Ich fühle mich, als wäre die Zeit stehen geblieben.

"Ich merke, was die Vorstellung mit Dir macht."

"Ist es schlimm, wenn ich so etwas will?"

Er hat seine Finger in mir und ich werde wild, als hätte er es mir nicht gerade erst besorgt.

"Auf keinen Fall. Sexuelle Begierden kennen keine Sünde. Das existiert nur in unserer sozialen Konditionierung. Meistens ist soziale Konditionierung religiöse Konditionierung. Bist Du Christin?"

"Ja. Du nicht?"

"Ich auch. Psalm 51:5, Erbsünde. Solange Du an Deiner Religion festhältst, wirst Du ihr nicht entkommen."

"Was steht in diesem Psalm?"

"'Siehe, ich bin in sündlichem Wesen geboren, und meine Mutter hat mich in Sünde empfangen.' Du hast keine Chance, Deiner Sünde zu entkommen, außer Du entledigst Dich Deinem Glauben und wendest Dich *Dir selbst* zu, Deinem wahren Ich."

"Und wenn mein wahres Ich mit zwei Männern in Sünde leben will? Würdest Du es zulassen?"

"Ist das nicht Deine Entscheidung?"

"Dass mein Mann uns zusieht?"

"Beim Ficken?"

"Wenn Du mich fickst, liebst, bumst. Nenn' es wie Du es willst: Wenn er uns beim *Sündigen* zusieht."

Er legt seinen Kopf auf das Kissen und schaut an die Decke.

"Wenn Du das willst und es Deine Fantasie ist."

"Es ist auch seine Fantasie."

"Und Deine," sagt Max. Und er hat Recht. Ich will ihn und meinen Mann. Gleichzeitig. Auch wenn ich mich nicht traue, es auszusprechen. Für mich klingt es immer noch nach Sünde. Ich schäme mich für meine Gedanken.

"Du würdest es zulassen?"

"Warum nicht?"

"Ich weiß nicht. Ich bin Deine Eroberung. Warum solltest Du das wollen? Mich teilen? Dass mein Mann dabei ist, wenn Du mich nimmst? Ist das nichts zwischen Dir und mir?"

"Natürlich. Aber ich bin nicht alleine. Du bist verheiratet. Wenn es das ist, was Du willst."

Ich sehe ihm in die Augen. Ich kann nicht glauben, dass wir dieses Gespräch führen. Als wäre *er* mein Mann.

"Ich liebe meinen Mann. Aber irgendwas muss passieren. Ansonsten scheitert meine Ehe. Vielleicht bist Du der Ausweg."

"Ausweg? Ich soll ein Ausweg sein?"

"Du bist ein verdammt gut aussehender Ausweg. Der Beste, den es gibt."
Ich küsse ihn und nehme ihn in die Hand. Er wird hart, als würde ihn unser Gespräch anmachen.

"Wenn Deine Ehe scheitert und Du Deinen Mann verlässt, kommst Du dann zu mir?"

"Ich will nicht, dass meine Ehe scheitert. Meine Ehe wird nicht scheitern. Ich werde alles tun, damit meine Ehe nicht scheitert. Sogar mit Dir schlafen."

"Du bist lustig. Du schläfst mit einem Fremden, um Deine Ehe zu retten."

"Es nimmt die Last von mir. Und es tut mir gut. Du tust mir gut. Vielleicht tust Du meiner Ehe gut."

"Und Du glaubst, dass ein Dreier mit Deinem Mann und Deinem Freund der Ausweg aus Deinen Eheproblemen ist?"

"Ich habe einen Freund?"
Er lacht.

"Ich habe mich befördert. Von *Affäre* zu *Freund*."

Ich spiele mit den Haaren auf seiner Brust.

"Und was, wenn Dein Mann mich umbringt, weil ich seine Frau ficke?"

"Das ist das Risiko, wenn Du mit der Frau eines anderen Mannes schläfst," sage ich zu ihm und meine es. Ich habe keine Ahnung, wie mein Mann reagieren wird, wenn er von Max erfährt. Und ob seine Fantasie nur eine Fantasie ist oder ob er es wirklich will.

"Das macht Dich zu einer verbotenen Frucht. Da sind wir wieder bei der Sünde. Das macht Dich zur Sünde."

Er hebt die Decke hoch und zeigt mir sein Glied. Ich massiere ihn.

"Das macht Dich an, wie ich sehe."

"Weil Du es bist."

Dann tauche ich ab und nehme ihn in meinen Mund. Sein Schwanz pulsiert.

"Setz' Dich auf mich."

Er schiebt die Decke weg und ich setze mich auf ihn und schiebe ihn in mich. Er ist hart wie ein Felsen und er füllt mich komplett aus. Ich gewöhne mich daran, ihn in mir zu haben. Es ist wie auf einer Ladestation zu sitzen.

"Alle haben Tabus, die uns antörnen," sagt Max.

"Was meinst Du?"

Ich reite langsam auf ihm, sehe ihm in die Augen und genieße jeden Millimeter.

"Du schläfst mit mir und begehst Ehebruch, und es tut Dir gut, Du brauchst es. Dein Mann will genau das, dass Du einen anderen Mann vor seinen Augen fickst - es tut ihm gut. Und ich will Dich ficken, egal ob er dabei ist oder nicht. Dich zu ficken tut mir gut."

"Du würdest mich ficken wenn er dabei ist?"

"Ich will Dich. Er ist mir egal."

"Ich werde ihn nicht verlassen. Lass Dir Deine Eroberung nicht zu Kopfe steigen."

"Warum nicht?"

"Weil Du ein *smooth operator* bist und ich Dir nicht vertrauen kann."

"Was meinst Du damit?"

"Du bist zu perfekt. Du gehst tagsüber in Bars und baggerst verheiratete Frauen an. Das ist keine Grundlage für eine ernsthafte Beziehung."

"Das sagt die richtige. Du bist verheiratet und schläfst mit anderen Männern. Als ob das eine Grundlage für eine Beziehung wäre."

"Willst Du mich jetzt heiraten?"

"Du bist perfekt. Warum nicht?"

"Ich bin perfekt? Ich dachte, ich betrüge gerade meinen Mann. Wie kannst Du dann von der perfekten Frau sprechen?"

Ich erhöhe mein Tempo. Seine Hände erkunden meinen Körper genau da, wo sie es sollen.

"Für mich bist Du perfekt."

Dann steckt er mir wieder seinen Finger in den Mund und ich lutsche daran wie zuvor an seinem Glied.

"Stell' Dir vor, es ist Dein Mann."
Ich schließe meine Augen und genieße den Augenblick. Dann schaue ich ihn an und nehme seinen Finger aus meinem Mund.

"Daran denkst Du jetzt?"

"Ich versuche mich mit dem Gedanken vertraut zu machen, dass Du irgendwann nach Hause gehst und Deinen Mann bläst und mit ihm schläfst. So wie Du es jetzt mit mir machst."

"Steck' ihn wieder in den Mund," sage ich und nehme seine Hand zu meinem Gesicht. Dann reite ich im Galopp und stütze meine Hände auf seine Brust. Sein Daumen schmeckt nach Liebe.

"Stellst Du Dir vor, dass mein Daumen der Schwanz Deines Mannes ist?"
Ich nicke. Wir schauen uns in die Augen und sehen unsere Fantasie. Unsere Blicke sind voller Begierde und dreckig wie ein Bahnhof. Noch nie habe ich so schnell mit einem Fremden geschlafen oder ihm über die sexuellen Begierden von meinem Mann und mir erzählt. Noch vor wenigen Stunden hätte ich es als absurde Idee abgetan. Jetzt gibt es nichts besseres. Mit ihm zu schlafen ist befreiend, eine Revolution, meine Revolution. Er ist so vertraut, als kennen wir uns schon ewig, als treffen wir uns regelmäßig, um miteinander zu schlafen und um uns über unser

Leben auszutauschen. Nur um abends wieder zu unserem eigentlichen Leben zurückzukehren. Er ist wie eine gutaussehende, männliche Freundin mit einem großen Schwanz. Ich fühle mich leicht, unbeschwert, als hätte ich eine große Last verloren. Und als wäre Max ein Verbündeter.

"Hattest Du schon einmal eine ménage à trois," sage ich. Er massiert meine Vagina und nickt.

"Erzähl' mir davon."

Ich reite wieder langsamer und sehe ihm in die Augen.

"Du willst, dass ich schmutzig mit Dir rede?"

"Ich will, dass Du mir erzählst, wie es war."

"Warum?"

"Ich will wissen, ob es was für mich ist."

Ich sehe ihn an, er mich. Er legt seine Hände auf meine Hüften.

Ich gehe in einen langsamen Trab über und warte darauf, dass er anfängt, mir von seinem Dreier zu erzählen.

"Willst Du wirklich einen anderen Mann in Deinem Mund haben, während ich in Dir bin?"

"Ja."

"Dann ist es was für Dich."

Er verschränkt die Arme hinter seinem Kopf. Als er nicht anfängt zu reden, höre ich auf mich zu bewegen und bleibe auf ihm sitzen. Dann lehne ich mich zurück, meine Hände suchen seine Schienbeine.

“Du hast geile Brüste.”

Ich muss lachen. Er sieht aus wie ein frecher Bub, der seine Geschichte nicht erzählen will.

“Lenk' nicht ab und erzähl' schon.”

“Also gut, weil Du es bist.”

“Du lügst mich nicht an?”

Er schüttelt seinen Kopf.

“Alles ist so passiert, wie ich es Dir erzähle.”

Sein Glied flutscht aus mir heraus. Ich stecke ihn wieder rein. Dann bewege ich mich auf ihm wie auf einem alten Pferd.

“Laurent und ich sind die Côte d'Azur entlang gefahren. Es war ein wunderbarer Sommer, ich war zwischen zwei Jobs und hatte viel Zeit.”

“Wer ist Laurent?”

“Ein guter Freund.”

“Und dann?”

Ich erhöhe mein Tempo, um ihn zu motivieren.

“Wir waren in Nizza, es war heiß und die Stadt roch nach Leidenschaft und nackter Haut. Kennst Du das, wenn ein Sommerabend voller Begierde und Lust ist?”

“Ich vermisse diese Abende.”

“Genau so ein Abend war das. Laurent und ich waren Single. Wir streiften durch das Nachtleben. In einem Fischrestaurant aßen wir Muscheln und tranken ziemlich viel Wein. Beim Abräumen verschüttete der Kellner die Tomatensauce der Muscheln auf mein Hemd.”

“Oh Gott, das ist ja schrecklich. Du musst gestunken haben.”

“Du machst Dir keine Vorstellungen.”

“Und was ist dann passiert?”

“Laurent hat einen riesigen Aufstand gemacht, auf Französisch, der Manager des Ladens kam, entschuldigte sich, alles ging auf's Haus und er brachte uns eine Flasche Wein, auch auf's Haus. Wir blieben, aber ich musste mein Hemd ausziehen und mich waschen. Das Waschbecken der Toilette war zwischen den Klos von Männern und Frauen und ich stand nackt vor dem Spiegel und machte mich mit einem Handtuch und Seife sauber. Ich warf mein Hemd in den Mülleimer.”

Er schaut mir in die Augen und beobachtet, wie ich ihn beobachte.

“Und dann?”

“Dann kam sie.”

“Wer?”

“Die Frau, mit der wir schliefen.”

Ich pausiere. Er schließt die Augen.

“Du denkst an sie?”

“Es war ein wunderbarer Abend. Sie war geil.”

Ich gebe wieder Gas, er füllt mich mehr aus als zuvor, er ist größer geworden. Vielleicht törnt ihn die Erinnerung an. Ich nehme es ihm nicht übel.

"Sie war wunderschön. Aus Japan. Sie sah mich und sagte zu mir auf Englisch, Dich suche ich. Sie holte ein T-Shirt aus ihrer Handtasche, ein Souvenir aus Paris, und gab es mir."

"Hat es Dir gepasst?"

"Ich hatte keine Wahl. Also habe ich es angezogen. Ein Bild vom Eiffelturm. Und sie an unseren Tisch eingeladen."

"Und sie kam?"

"Mit ihrer Freundin."

"Also kein Dreier, sondern ein Vierer."

"Warte doch mal ab," sagt er.

Er steckt in mir, als gehöre er dahin, und ich lehne mich wieder zurück. Er fährt meinen Bauch entlang.

"Ich liebe Deinen flachen Bauch."

Seine Hände gleiten über meinen Bauch, seine Daumen über meinen Bauchnabel, dann zu meinen Brüsten.

"Erzähl schon."

"Wir haben den Wein getrunken und noch eine Flasche bestellt."

"Muss ich Dir jedes Wort aus der Nase ziehen?"

"Die beiden Japanerinnen sind mit an unsere Hotelbar gekommen. Auf dem Dach, am Pool. Rikuko, die Frau, die mir ihr T-Shirt gegeben hat, hat ziemlich viel getrunken und wir fingen an, uns die Hände zu halten. Dann kam der erste Kuss."

“Und Laurent?”

“Hatte nicht so viel Erfolg. Seine Japanerin ging nach Hause.”

“Rikuko blieb?”

“*Hai*. Ich habe sie mit auf mein Zimmer genommen. Und sie hat Laurent mitgenommen.”

“Wirklich?”

“Ja.”

“Das soll ich Dir glauben?”

“Warum nicht?”

“Dass eine japanische Touristin sich von zwei Männern auf ihr Hotelzimmer mitnehmen lässt?”

“So war es. Nur dass sie keine Touristin war, sondern eine Studentin aus Sevilla.”

“Und dann?”

“Dann ging es zur Sache. Rikuko und ich. Laurent saß auf dem Balkon und trank Wein aus der Flasche. Er sah uns zu.”

“Hat er sich angelangt?”

Er schaut mich an.

“Warum ist das wichtig?”

“Ich weiß nicht. Wenn er es geil findet, würde er sich anlangen.”

“Vielleicht.”

“Das hat Dir nichts ausgemacht?”

“Er ist mein bester Freund.”

“Dennoch.”

“Was, dennoch?”

"Naja, ein intimer Moment mit einer Frau. Und Dein Freund schaut zu. Und langt sich an. Was, wenn Du sie geheiratet hättest?"

"Wir waren ziemlich blau. Keine Ahnung, was ich gedacht habe."
Ich steige von ihm und sage zu Max:

"Jetzt bist Du wieder oben."
Er legt mich vor sich auf die Seite und nimmt mich von hinten. Wir sind wie Löffel und Gabel, und sein Mund ist direkt an meinem Ohr.

"Ich mag Dein Parfüm."
Ich drehe mich zu ihm und wir küssen uns.

"Erzähl' weiter."

"Ich habe sie gefickt. Ihr Körper war klein und sie war wild. Sie hat die ganze Zeit *mas rapido* zu mir gesagt, als wäre ich ein Spanier. Sie hat immer wieder zu Laurent auf den Balkon gesehen, und Laurent hat so getan, als würde es ihm nichts ausmachen, dass wir ficken und sie laut war. Schließlich hat Rikuko gesagt, dass ich Laurent fragen soll, ob er dazu kommen will. Sehr höflich, wie sie es in Japan machen."

"Mein Gott, muss ich Dich nach jedem Satz fragen, wie es weiterging?"
Er stößt tief in mich und legt seinen Arm um mich. Es tut ein wenig weh, und der Schmerz tut gut.

"Ich habe Laurent gesagt, er soll reinkommen."

"Und? Ist er?"

“Was denkst Du?”

“Ja. Sonst wäre es ja kein Dreier.”

“Richtig. Laurent kam rein und ich habe ihn gefragt, ob er mitmachen will. Er hat die Flasche Wein getrunken und seine Schuhe ausgezogen und gesagt: ‘Du bist der beste Freund, den es gibt.’”

Er erhöht sein Tempo und stößt kräftig. Ich glaube, ich stöhne, vielleicht komme ich, ich kann mich nicht mehr erinnern. Ich sehe Max mit der Japanerin vor mir und stelle mir vor, dass ich sie gewesen wäre. Mit zwei Schwänzen in mir.

“Und Rikuko hat gesagt: ‘Blowjob OK?’ Und Laurent hat zu lachen angefangen und konnte sich nicht mehr halten. Als er wieder zur Ruhe kam, hat er gesagt: ‘Blowjob OK’. Dann habe ich auf Deutsch zu ihm gesagt: Zieh Dich aus, Du kannst sie nachher ficken, wenn ich fertig bin. Und er hat mich nach einem Kondom gefragt, und ich habe ihn ins Badezimmer geschickt. Dann kam er wieder, nackt, gewaschen, sein Glied steif, die Packung in seiner Hand. Ich nahm sie von hinten und sie ihn in den Mund.”

“Zwei schöne Männer und eine schöne Frau.”

“Die Frau könntest Du sein.”

“Uh, Du bist unglaublich.”

“Gefällt Dir die Geschichte?”

“Geschichte? Ich dachte, es wäre passiert.”

“Geschichte wie in Historie. Es ist passiert. Du kannst Laurent fragen.”

Ich will ihm in die Augen sehen und drehe ihn auf seinen Rücken und besteige ihn wieder. Ich bin extrem feucht und wir sind nicht weit davon entfernt, gleichzeitig zu kommen.

“Willst Du ihn dazu holen? So wie Ihr es in Nizza gemacht habt?”

“Willst Du das?”

Ich nicke. In diesem Augenblick weiß ich, dass ich es will.

“Wir sollten mit meinem Mann anfangen.”

“Ich muss gleich kommen.”

Ich reite und klammere mich um seinen Schwanz wie ein Stück Holz auf hoher See. Seine Hände sind auf meinen Busen.

“Die Vorstellung macht Dich an,” sage ich zu Max.

“Wir alle haben eine dunkle Seite.”

“Du bist wie mein Mann. Du willst Deine Frau mit einem anderen Mann teilen.”

“Schön, dass Du jetzt meine Frau bist.”

“Du weißt, wie ich's meine.”

“Ich muß kommen,” sagt Max.

“Komm in mir,” sage ich.

Als hätte er auf mein Kommando gewartet, ergießt er sich in mir wie warmer Regen. Als er leer ist, lege ich mich auf ihn und lasse seinen Schwanz in mir, bis er weich wird. Ich rieche an seinem Hals und seiner Schulter, und er riecht so wie ein Mann nach dem Sex riechen muß. Dann küsse ich ihn und weiß, dass ich für Max Gefühle habe, die über einen ungeplanten Fick an einem Nachmittag hinausgehen.

7

Unter der Dusche liebt mich Max im Stehen. Auch wenn es nach einem Klischee klingt. Es tut mir gut, geliebt zu werden von einem Mann, der selbstlos ist und mir das Gefühl gibt, alles für ihn zu sein. Sein Handy klingelt ein paar Mal, er schaltet den Ton aus. Den ganzen Tag lenkt ihn nichts von mir ab, er schenkt mir seine volle Aufmerksamkeit. Es ist einer der schönsten Nachmittage in meinem Leben. Max ist der perfekte Liebhaber, so perfekt, dass mir nicht auffällt, dass seine Geschichte nicht passen kann.

Als wir fertig sind, läuft er mit einem Badetuch um seine Hüften durch die Wohnung und macht Kaffee.

"Geht es Dir gut?" sagt Max.

"Nie besser."

"Was ist mit Deinem Mann? Wirst Du es ihm erzählen?"

"Dass ich mit Dir geschlafen habe?"

"Ja."

“Nein.”

Er nimmt meine Hand und küsst sie.

“Wie machen wir weiter?”

“Ich muss nach Hause.”

“Kommst Du morgen wieder?”

Auch wenn es eine Frage ist, so ist es eine Aufforderung. Er nimmt eine Rose aus einer Vase auf dem Tresen der offenen Küche und gibt sie mir.

“Du bist ein Charmeur. Ich würde auch ohne Rose gekommen.”

“Ich will auf Nummer sicher gehen.”

Ich nehme das Badetuch von seinen Hüften und lasse es auf den Boden fallen. Ich habe nur die Louboutins an.

“Willst Du mich wieder schmutzig machen?”

“Ich will mich bei Dir für den schönen Tag bedanken.”

Ich knie mich auf das Handtuch und nehme ihn in den Mund, bis er leer ist.

8

Mein Mann sagt zu mir:

"Jetzt bist Du so, wie ich Dich immer wollte."

"Bist Du Dir sicher? Es macht Dir nichts aus?"
Mein Mann steht nackt vor mir, seine Hände sind auf seinem Rücken mit zwei Seidenkrawatten von Max verbunden. Sein Schwanz ist blau angelaufen und ich kann mir vorstellen, dass es ihm weh tut. Eine voll geladene Kanone mit einem verstopften Rohr. Ich weiß nicht, ob er wirklich nicht aus den Handfesseln rauskommt, oder ob er es einfach genießt. Max setzt sich zu mir auf das Bett mit einem Glas Wein.

"Dass ich Dich betrüge, einen anderen Mann ficke, Dich zuschauen lasse."
Er ist rot im Gesicht und schwitzt. Er kann seine Erregung nicht verstecken. Dann sage ich zu Max:

"Max, kannst Du meinem Mann und mir einen Augenblick geben?"
Max kommt zu mir und küsst meinen Mund, lang und intensiv:

“Denk’ an die Regeln.”

Ich massiere seinen Hodensack und küsse seinen Schwanz. Mein Mann sieht es und stöhnt.

“Ich rufe Dich, wenn wir fertig sind.”

Max verlässt das Schlafzimmer und macht die Tür hinter sich zu. Als er weg ist, erwarte ich, dass mein Mann wütend auf mich ist, mir vielleicht eine runter haut. Ich hätte es verdient. Dann sage ich zu ihm:

“Wie geht es Dir?”

Er setzt sich neben mich auf das Bett.

“Ganz ehrlich?”

“Ganz ehrlich.”

“Es war der beste Abend.”

Ich studiere seine Augen. Er meint es ehrlich.

“Es macht Dir nichts aus, dass ich mit Max schlafe?”

“Doch. Es tut mir weh. Aber auf eine angenehme Art und Weise.”

Ich küsse ihn.

“Brichst Du nicht gerade die Regeln?” sagt mein Mann zu mir. Ich lache. Ich küsse ihn wieder und sehe ihm in die Augen.

“Ich liebe Dich. Und manchmal sind Regeln dazu da, gebrochen zu werden. Du bist nach wie vor meine Nummer eins. Ich hoffe, Du bist mir nicht böse.”

"Doch. Aber auf eine angenehme Art und Weise. Und ich mag, wie Du ihn fickst. Du glaubst nicht, wie schön es ist, Euch dabei zuzusehen."
Ich bin erleichtert.

"Ich will, dass unsere Ehe wieder funktioniert."

"Ich auch. Ich will Dich nicht verlieren."

"Wenn ich dafür mit Max schlafen muss, tue ich das. Sehr gerne."

"Ich liebe es, wenn Du solche Sätze sagst. Aber ich habe ein Problem."

"Was?"

"Ich halte es nicht mehr aus."

"Lass mich Max holen und klären, ob Du kommen kannst."
Ich nehme seinen Schwanz in meine Hand und sehe ihm in die Augen.

"Sag' es Max nicht."
Ich beuge mich zu ihm runter und nehme ihn in meinen Mund. Aber nur kurz, ich will nicht, dass er explodiert. Ich mache ihn feucht in der Hoffnung, dass es ihn kühlt. Dann küsse ich ihn auf den Mund und rufe Max ins Schlafzimmer.

"Ich war ein böses Mädchen," sage ich zu Max. "Ich habe den Schwanz von meinem Mann in meinen Mund genommen. Ohne dass Du es erlaubt hast."
Mein Mann sitzt neben mir auf dem Bett und schaut mich mit offenem Mund an.

"Dann bleibt mir nichts übrig, als Dich zu bestrafen."

Max nimmt meinem Mann die Fesseln ab. Dann geht er zu mir und verbindet mir die Hände auf meinem Rücken, so wie er es davor mit meinem Mann getan hat. Die Seide auf meiner Haut fühlt sich frisch an.

"Auf die Knie."

Als wäre ich ein Hund. Ich habe die hohen Schuhe an und sonst nichts und knie mich hin, als würden sie mich hinrichten. Max steckt sein Glied in meinen Mund. Mein Mann stöhnt und sagt:

"Das möchte ich jetzt auch."

Max sagt:

"Du bist gleich dran."

"Ich schaue gerne zu," sagt mein Mann.

Dann beugt Max mich über das Bett und fickt mich von hinten, wie er es noch nicht getan hat. Er ist schnell, laut und intensiv, als habe er eine Rechnung offen. Es ist härter als zuvor, als wollte er mich mit seinem fleischigen Glied bestrafen und ausdehnen, so dass ich meinen Mann, dessen Penis schlanker ist, nicht so intensiv spüren kann. Ich stöhne lauter als zuvor und bin mir nicht sicher, ob es mir wehtut oder ob es meine Erregung ist, genommen zu werden und mich nicht wehren zu können. Ich komme einmal, dann ein zweites Mal und meine Knie zittern. Er kommt in mir, mit erstaunlich viel Sperma.

"Sloppy seconds," sagt er zu meinem Mann, als er fertig ist und ihn rauszieht. Sein Saft läuft an meinem Schenkel nach unten. Ich liege auf meinem Gesicht und meinen Brüsten und weiß nicht, wie mir geschieht. Ich bin vom Täter zum Opfer geworden, und die Hilflosigkeit, zwei Männern ausgeliefert zu sein, macht mich schwindelig. Dann spüre ich den Schwanz meines Mannes in mir, obwohl ich keine Kraft mehr habe und er mich wie ein Stück Fleisch von hinten fickt. Ich stöhne und komme nochmals. Die Vorstellung, dass sie mich der Reihe nach nehmen und ich mich nicht wehren kann, macht mich wahnsinnig. Dann stelle ich mir vor, wie Laurent dazu kommt und Max ihm sagt: Das ist Asia, die Frau von diesem Mann, Du kannst sie ficken, wenn Du Lust hast. Oder soll sie Dir einen blasen? Und dann fickt mich Max von hinten und Laurent ist in meinem Mund.

In Wirklichkeit schiebt Max ein paar Kissen unter mich und steckt mir sein Glied in den Mund, während mein Mann mich von hinten nimmt. Ich bin überrascht und froh, dass mein Mann es so lange aushält. Ich hätte darauf gewettet, dass er viel schneller kommt.

9

Die Fahrt im Mini durch die Stadt ist ruhig, er sagt nichts. Ich mache das Radio an. Dua Lipa, Levitating. Ich fühle ich mich genauso wie das, was sie in ihrem Song beschreibt. Ich singe mit. Ich bin glücklich und befriedigt, so wie ich es noch nie in meinem Leben war. Ich sitze auf dem fliegenden Teppich der Euphorie. Ich fühle mich als Frau, ich habe das bekommen, was ich wollte, und es tut mir gut. Ich habe es nicht nur bekommen, ich habe es mir genommen. Das ist sexuelle Revolution. Mein Mann und mein Freund haben das getan, was ich von ihnen wollte. Ist es nicht wunderbar, in einem Zeitalter zu leben, in dem das - und noch viel mehr - möglich ist?

Wir fahren durch das Rotlichtviertel, die Neonschilder werben mit Sex und nackten Frauen. Ich sehe zu meinem Mann rüber. In seinen Augen spiegelt sich das rote Licht, sein Gesicht nimmt die Farbe des Teufels an. Ein paar Frauen stehen am

Straßenrand und warten auf Kundschaft. Er sieht, dass ich ihn ansehe, und er fragt mich:

"Hast Du Lust auf mehr?"

Ich schalte und lege meine Hand auf seinen Oberschenkel.

"Ich habe Lust auf Dich. Alleine," sage ich.

Er legt seine Hand auf meine und nimmt sie zu meinem Mund und küsst sie.

"Das ist auch gut so."

Die Stadt zieht an uns vorbei und bekommt nicht mit, dass wir eine lebensverändernde Nacht verbracht haben, in einem ihrer Türme mit Blick über ihre Lichter.

Wir gehen in unsere Wohnung, ich mache die Tür hinter uns zu. Mein Mann schweigt. Ich will die Louboutins ausziehen und er sagt, genauso wie Max es getan hat, dass ich sie anlassen soll. Wie berechenbar Männer sind. Okay, sage ich, was immer Du willst. Wir gehen ins Wohnzimmer und mein Mann sagt, ich soll mich neben ihn setzen. Ich habe das gleiche Outfit an wie vor Stunden, als wir zu Max aufgebrochen waren. Er legt seine Füße auf den Couchtisch und seinen Kopf zurück. Sein Schweigen ist mächtig, ich weiß nicht, was er vor hat.

"Was ist los?" sage ich zu ihm. "Bist Du böse?"

"Böse?" sagt er.

"Ich kann es verstehen. Ich habe Dich betrogen und gedemütigt und mit einem anderen Mann verglichen und Du hast sein Glied in den Mund genommen. Es tut mir leid."

Ich fange an zu weinen. Tränen rollen über mein Gesicht. Als ich diese Worte ausspreche, merke ich, was ich meinem Mann und meiner Ehe angetan habe. Er dreht sich zu mir und ich erwarte einen Schlag in mein Gesicht, dass er mich verprügelt, dass er mich ein für alle Male abserviert und dass es das war. Und er hätte damit Recht. Was ich getan habe, kann ich nicht rechtfertigen.

Er wischt mir die Tränen aus meinem Gesicht, hat ein Stofftaschentuch parat, ein kleines Detail warum ich ihn liebe, weil er ein Mann der alten Schule ist, der an Werten festhält und sie nicht über Bord wirft, nur weil etwas neues ums Eck kommt.

"Es tut mir so leid," sage ich.

Er räuspert sich.

"Ich hätte nicht mitgemacht, wenn es mir nicht gefallen hätte."

Ich sehe ihn an. Vielleicht ist noch ein wenig Hoffnung da, dass die Episode mit Max nicht das Ende unserer Ehe bedeutet.

"Aber ich will nicht, dass Du ihn alleine triffst. Ist das klar?"

Ich nicke.

"Was wir machen, wenn wir zu dritt sind, gefällt mir."

Er schaut auf den Boden. Sein Gesicht wird rot.

"Und dafür schäme ich mich. Was musst Du von mir denken?"

Er schüttelt seinen Kopf und nimmt ihn zwischen seine Hände.

"Ich habe Angst davor, es auszusprechen," sagt er.

"Wir sind zu zweit. Du kannst mir alles sagen."

Er sieht mir in die Augen.

"Ich bin Deine Frau, erinnerst Du Dich? In guten wie in schlechten Zeiten?" sage ich zu meinem Mann.

"Sind dies gute oder schlechte Zeiten?"

"Es sind gute Zeiten. Es kommt darauf an, wie Du es siehst."

Sein Blick ist leer, vielleicht denkt er an unsere Hochzeit, an das Gelübde, und dann an die letzte Nacht.

"Mir gefällt es, Dich mit einem anderen Mann zu sehen. Es macht mich an."

Ich nehme seinen Kopf in meine Hände und küsse ihn auf seinen Mund. Beinahe platonisch.

"Und ich schäme mich dafür."

Der Augenblick übersteigt die sexuelle Bedeutung der letzten Nacht, er wird zur Suche nach der Wahrheit in den dunklen Ecken unserer Begierden und dessen, was wir uns nicht auszusprechen trauen. Wir haben in unserer Ehe Jahre gebraucht, um an diesem Punkt anzukommen. Es tut gut. Manche schaffen es nie. Viele Ehen enden in einer Scheidung, weil es im Bett nicht mehr klappt.

"Es ist nicht schlimm. Mir hat es auch gefallen."

"Und es tut mir weh, wenn Du es aussprichst."

"Das tut mir leid. Ich wollte Dir nicht weh tun."
Wir sehen uns an, als würden wir uns kennenlernen. Vielleicht tun wir es.

"Was machen wir jetzt?"

"Ich weiß nicht."

"Und was ist mit Max?"

"Was soll mit ihm sein?"

"Du hast gesagt, er ist Dein Freund."

"Willst Du, dass ich mit ihm Schluss mache?"
Er schüttelt seinen Kopf.

"Ich würde Euch gerne wieder zusehen. Und mitmachen."
Ich bin erleichtert und mein Gesicht wird zu einem erotischen Lächeln.

"Das kannst Du haben."

"Und Du musst versprechen, dass Du ihn nicht alleine triffst."

"Treffen schon. Aber keinen Sex mit ihm alleine."
Ich sehe ihn an. Mein Mann sieht mich an.

"Warum?"

"Er kann mit mir einkaufen gehen, Dinge erledigen, die Du nicht magst. Und Du kannst Dir vorstellen, wie es knistert. Unser Sex wird dann um so besser."
Ich wage mich, ihm das zu sagen und glaube, dass er es auch will. Er will es:
"Okay. Aber kein Sex ohne mich. Weder oral noch anders."
Ich nicke.
"Kann ich ihm einen runterholen? Wenn er es nicht aushält?"
"Wirklich? Was hast Du davon?"
"Du weißt doch, dass ich Menschen gerne einen Gefallen tue."
Er kann meinem Gesichtsausdruck nicht widerstehen. Ich weiss, dass ich unsere Grenzen ausprobiere.
"Okay. Weil er es ist. Mit keinem anderen. Er scheint ein cooler Typ zu sein."
"Ich werde es Max sagen."
"Und jetzt sage es mir."
"Was?"
"Dass Du mit Max keinen Sex haben wirst. Handjobs ausgenommen."
"Ich werde mit Max keinen Sex haben, außer Du bist dabei. Und Handjobs zählen nicht."

Er lächelt, seine Schultern zeigen Erleichterung. Er zeigt auf seine Hose. Ich mache seinen Reißverschluss auf.

"Was nicht heißt, dass Du ihn nicht alleine ficken kannst. Aber ich muss dabei sein und Euch zusehen."
Ich nehme sein Glied heraus, er ist steif wie eine Bambusstange. Ich massiere ihn und er sieht mich an.

"Du bist die schönste Frau, die es gibt. Dich in den Armen eines anderen Mannes zu sehen - es gibt keinen Porno, der besser ist."

"Wenn es Dich glücklich macht."
Ich ziehe meinen Rock aus, meine Bluse und meinen BH. Ich rieche nach Max und meinem Mann und bin verklebt vom Sperma und vom Schweiß meiner Männer. Ich setze mich auf das Glied meines Mannes. Meine Brüste sind in seinem Gesicht. Er nimmt meine Nippel in seinen Mund und saugt an ihnen, als wolle er ihre Milch trinken.

"Ich weiß nicht, ob Du nach Max oder mir schmeckst," sagt mein Mann.

"Ist das nicht egal," sage ich und drücke seinen Kopf an meine Brust. "Ich liebe Dich," sage ich zu ihm.

"Ich liebe Dich auch, Asia."

"Es war verrückt, was wir getan haben."

"Vielleicht hat es unsere Ehe gerettet."

"Vielleicht."

Ich reite ihn, wir halten uns die Hände. Meine Handflächen sind erogene Zonen, und nichts tut mir so gut, wie die Hände meines Mannes in meinen Händen zu spüren.

Später gehen wir ins Bett und ich schlafe mit meinem Kopf auf seiner Schulter, so wie wir es am Anfang unserer Beziehung getan haben. Manchmal wird er hart und gleitet in mich, ohne die Augen aufzumachen. Nach ein paar Stößen kommt er und schläft weiter. Ich wundere mich, woran er denkt und was er in seinem Traum erlebt. Dann bin ich froh, ihn an meiner Seite zu haben und beneide ihn um seinen Traum und seine Gedanken. Wenn ich Glück habe, schlafe ich wieder ein.

10

Ich tippe diese Zeilen auf der Terrasse am Strand. Ein Glas Rosé ist mein Begleiter, die Flasche in einem Cooler neben dem Tisch. Letzte Nacht haben wir zu dritt verbracht. Ich bin erschöpft. Mein Mann und Max spielen Frisbee am Strand, als wären sie zwei Teenager und beste Freunde. Max und mein Mann haben mich mit dem Trip nach Costa Rica überrascht; es ist das Letzte, das ich erwartet hatte: ein gemeinsamer Urlaub mit meinem Mann *und* meinem Freund. Wir haben zwei Bungalows am Strand, nebeneinander, und für Max ist das OK. Ich bin erstaunt, wie reif Max mit dem Fakt umgeht, dass ich bei meinem Mann bleibe und er nicht mit mir schlafen kann, ohne dass mein Mann uns zusieht. Und ich bin überrascht davon, wie gut die beiden Männer miteinander auskommen. Als würden sie sich schon ewig kennen. Die Tage in Costa Rica vergehen wie im Flug. Ich gehe abwechselnd mit Max und meinem Mann schwimmen. Oft tollen wir im Wasser, als wären wir Freunde seit unserer Kindheit. Wir sind in einem Resort für Erwachsene. Die meisten Gäste sind Pärchen und viele in ihren Flitterwochen. Als einigen klar wird, dass ich mit zwei Männern hier bin, gratulieren mir einige Frauen; andere verurteilen mich. Alle tun es mit ihren Blicken. Vielleicht ist es auch Neid, wenn sie uns zu dritt im Wasser sehen oder beim Abendessen und wir gemeinsam in einer der beiden Hütten verschwinden und sie sich vorstellen, was ich mit meinen beiden Männern mache und die beiden Männer mit mir. Und natürlich ist es auch meine Figur: Ich bin groß und schlank, mit einer Oberweite, von der die meisten Frauen träumen. Und sowohl mein Mann als auch Max sehen gut aus, jeder auf seine Weise. Sie ernten die Blicke der Frauen am Pool, und ich bin stolz, sie an meiner Seite zu haben.

Beide Männer kaufen für mich Unterwäsche und Bikinis, die sie mich tragen sehen wollen; wir haben uns darauf geeinigt, dass sich Max und mein Mann abwechseln, und mein Mann ein Veto hat, Max aber nicht. Für mich ist das OK, solange mein Mann glücklich damit ist. Bislang hat mein Mann kein einziges Mal sein Veto eingelegt; beide Männer haben einen ähnlichen Geschmack. Die Kleiderwahl meines Mannes ist in der Regel etwas lockerer: Für ihn muss ich mehr Haut zeigen. Max mag es mysteriöser, er versteckt mich gerne, auch, um nachher mehr zum Auspacken zu haben. Ich mache es beiden recht und passe mich ihren Bedürfnissen an. Sie tun es schließlich auch. Es ist das mindeste, was ich für sie tun kann. Denn ich habe zwei Männer mit vier starken Schultern, die sich um mein Wohl kümmern. Und eigentlich muss ich sagen: Zwei harte Glieder, vier sinnliche Hände, vier Augen, die mir jeden Wunsch von den Lippen ablesen. Und weil ich bei den Lippen bin: Zwei wunderbare Münder, die mir am besten gefallen, wenn sie nicht reden.

Max spendiert mir jeden Tag eine Massage, und ich bedanke mich mit meinem Mund bei ihm. Laut unseren Regeln muss mein Mann zusehen, und die letzten beiden Male hat mein Mann nur gesagt, macht mal. Dann ist er an den Strand gegangen und hat sich zwischen den Palmen und den Wellen verloren und ich weiß, dass er glücklich war. Dann haben Max und ich den Nachmittag genossen wie damals unseren ersten Nachmittag, obwohl uns das Verbotene fehlte und wir kein Tabu mehr brachen. Einmal hat mein Mann uns von draußen zugesehen: Max stand vor mir, er massierte meine Schultern und meinen Nacken mit einem Öl, und ich hatte ihn in meinem Mund. Er sah zu, bis Max in meinem Mund kam. Dann betrat er den Bungalow und bedankte sich bei Max dafür, dass er mich massierte.

“Sie hat mich dafür bezahlt,” sagte Max zu meinem Mann und streichelte mich.
“Das habe ich gesehen. Aber ich glaube, sie sollte Dir ein Trinkgeld geben.”
Und dann habe ich das gemacht.

11

Dann unterbricht die Ankunft einer Frau unsere Dreisamkeit. Oder zumindest meine, denn ich stelle fest, dass ich Konkurrenz bekomme.
Ich werde hellhörig, als die Frau vor dem Bungalow von Max steht. Und er sich riesig freut, sie zu sehen. Die Frau sieht asiatisch aus und könnte ein Mischling sein. Ihre Ausstrahlung hat etwas, das andere Frauen gerne hätten. Sie ist wunderhübsch. Wer immer sie ist, sie spricht für den Geschmack von Max. Es sieht so aus, als würde sie in das Bungalow von Max einziehen. Sie hat einen rosaroten Koffer, den ein Hotelangestellter für sie trägt und sie trägt ihre Schuhe mit Absätzen in ihren Händen. Sie steht barfuß im Sand vor der Hütte.

“Weißt Du, was los ist?” frage ich meinen Mann.

“Max ist Dein Freund. Woher soll ich wissen, was er macht?”

“Er hat nichts zu Dir gesagt?”

Mein Mann schüttelt den Kopf und geht ins Wasser. Ohne mich oder Max, der die Vorhänge im Bungalow zugezogen hat.

Abends gehen wir an den Strand und essen dort. Die beiden Männer bestellen unser Essen schon mittags; meistens ist Hummer mit dabei, und anderer Fisch. Max hat gesagt, dass eiweißhaltige Nahrung wichtig ist für das, was wir jeden Tag machen. Costa Rica und das Wetter sind ein Aphrodisiakum für uns; Sonne auf nackter Haut, Sand und Meer, Seafood und Wein.

Dabei begann der Marathon schon im Flieger. Max folgte mir als Erster auf die Toilette und nahm mich von hinten. Er kam schnell; denn entgegen aller Romantik ist Sex auf einer Flugzeugtoilette alles andere als angenehm, gerade wenn die Frau so groß ist wie ich. Aber ich wollte es meinen beiden Männern ermöglichen. Wir hatten vor dem Abflug über unsere sexuellen Fantasien gesprochen; diese war eine davon. Im Flieger sitzen wir in einer Dreierreihe, ich zwischen den beiden, Max am Fenster. Als die Lichter aus sind und die meisten Passagiere schlafen, bittet Max mich darum, dass ich ihn unter der Decke massiere. Das führt zum ersten Toilettenbesuch. Max folgt mir Sekunden später. Als Max fertig ist, kommt mein Mann in die Toilette; Max macht sich mittlerweile lustig über ihn, denn er ist glücklich mit den "sloppy seconds". Mein Mann sagt, dass es weniger Reibung gibt und er es deswegen länger aushält. Ich glaube ihm, was für einen Grund sollte er sonst haben?

Am Strand ist unser Tisch für vier Personen gedeckt. Mein Mann und ich sind zuerst da, wir sitzen über Eck, die Füße im Sand, und halten uns die Hände. Der Sand ist angenehm kühl. Die Sonne bereitet sich darauf vor, im Pazifik baden zu gehen. Max und die Frau aus seinem Bungalow kommen Hand in Hand durch die Wellen zu uns gelaufen. Sie trägt ein Bikini-Top und Hotpants. Keine Schuhe. Ihr Körper ist aus dem Playboy, und sie ist einige Jahre jünger als ich, und die beiden Männer.

    "Asia, darf ich Dir Laura vorstellen. Meine Frau," sagt Max. Dann zu Laura: "Asia's Mann kennst Du ja."
Mein Mann küsst Laura auf die Wange und sie halten sich die Hände, vielleicht etwas zu lang.

    "Wie geht es Dir?" sagt Laura zu meinem Mann und sieht ihm in die Augen, als würde sie dort nach etwas suchen.

    "Ich habe Dich vermisst," sagt mein Mann, und ich werde neidisch, als ich die beiden beobachte. Ich bin mir nicht sicher, ob ich verstanden habe, was mein Mann zu Laura gesagt hat. Meine Ohren kleben noch an dem Wort "meine Frau", und mein Gehirn hat zu diesem Zeitpunkt aufgehört zu funktionieren.

"Max ist verheiratet," sage ich, weil ich es nicht kapiere. Es ist ein Statement und keine Frage. Ich bin mir nicht sicher, aber vielleicht dreht sich die Welt um mich herum und mir dämmert, dass nichts so ist, wie es mir erscheint.

"Warum nennst Du ihn Max?" sagt Laura.

"Wie soll ich ihn sonst nennen?"

"Laurent, so wie er heisst," sagt Laura und trinkt von ihrem Glas Wein.

Ich brauche einen Augenblick, um den Namen zu registrieren und um ihn zuzuordnen.

"Laurent?" frage ich. "Du bist Laurent? Der Laurent aus Deiner Geschichte?"

Ich sehe meinen Mann an. Er hat ein dickes Lachen auf seinem Gesicht. Laurent auch. Laura schaut auf den Strand und trinkt ihr Glas leer. Dann schaut sie Laurent und meinen Mann an.

"Ihr habt es ihr nicht erzählt?"

Die beiden Männer sehen sich an. Sie lachen und haben ein Grinsen auf den Lippen.

"Oh, Ihr seid Schweine," sagt Laura. "Die beiden sind Schweine. Aber verdammt gut dabei. Darum habe ich dieses hier geheiratet."

Sie nimmt Laurent, meinen Max, am Arm und zerrt ihn zu sich. Ich schüttle meinen Kopf und habe keine Ahnung, wovon Laura spricht.

“Erzählt, was erzählt?”
Ich verstehe die Welt nicht.

“Soll ich es ihr sagen oder willst Du?” sagt Laura zu meinem Mann. Ihre Aussage transportiert eine Intimität, die mir Angst macht, weil ich es meinem Mann nicht zutraue, diese Art der Beziehung mit einer anderen Frau zu haben.
Dann sagt Max - Laurent - zu Laura:

“Lass es ihren Mann machen.”

“Wie bitte?” sage ich, “Ihr kennt Euch?”
Die drei sehen mich an wie Kabale.

12

"Warum hast Du es mir nicht gesagt?" sage ich zu meinem Mann. Meine Augen suchen in seinen Augen nach Antworten.

"Weil ich wollte, dass Du erlebst, was Du erlebt hast."

"Und warum?"

"Seit unserer Erfahrung in Südfrankreich teilen Laurent und ich uns Frauen. Er hat Dir davon erzählt. Von der Japanerin, mit der alles anfing."
Ich nicke.

"Das tut er immer."

"Immer? Ihr tut das regelmäßig?"

"Das Internet hilft uns dabei."
Ich weiß nicht, was ich sagen soll. Dann dämmert es mir.

"Wenn Max in der Geschichte Laurent ist ..."
Ich gerate ins Stocken.

"Dann bin ich der erste Mann."

Ich sehe ihn an und kann ihm das Spiel, das er spielt, nicht glauben.

"Du wolltest die Japanerin mit Laurent teilen. Es war Deine Idee, nicht ihre."

"Er saß auf dem Balkon und sah mir zu. Die Japanerin fand es gut. Sie beobachtete, wie Laurent sich selbst anlangte. Ich fand es auch gut. Dann habe ich Laurent dazugeholt. Er war schüchtern. Und dann nicht mehr, dann wollte er mehr. So wie ich. Das war der Anfang."

Wir sehen uns in die Augen und mir ist klar, dass ich keinen Schaden angerichtet habe. Aber er. Und dass ich über meinen Mann nichts weiß. Nur, dass seine Fantasien, von denen wir beim Sex sprechen, keine Fantasien sind, sondern echte Geschichten.

"Hast Du mich betrogen?"

Er sieht mir in die Augen und nickt.

"Wenn Du es so betrachtest."

Ich sehe weg und Tränen steigen mir in die Augen.

"Du Schwein."

"Ich habe Dir Max geschenkt. Und diesen Urlaub. Um es wieder gut zu machen. Und Dir hat es gefallen. Dir gefällt es. Du willst es haben, und Du willst ihn haben. Und nach ihm wirst Du andere haben wollen. Und es ist okay. Es ist gut. Es ist, wer Du bist. Und es ist, wer ich bin. Deswegen passen wir zusammen. Die Seitensprünge haben mir geholfen, unseren Alltag zu bewältigen, die Beziehung mit Dir am Laufen zu halten. Nur so konnte ich mit Dir zusammen bleiben. Ich wollte Dich nie verlassen oder Dir wehtun. Aber ich konnte nicht mehr. Der Seitensprung hat unsere Ehe gerettet. Hast Du Deine Erfahrung mit Max nicht ähnlich beschrieben?"

"Hat er Dir alles erzählt?"

"Er hat mir alles erzählt, was Ihr gemacht habt. Und er hat mir die Fotos geschickt."
Ich werde rot, obwohl es dafür zu spät ist.

"Du hast Max auf mich angesetzt. Du wolltest, dass ich Dich mit ihm betrüge. Nur dass es kein betrügen ist, weil Du es geplant hast. Du wolltest, dass genau das passiert. Ist das nicht so?"
Er trinkt und sieht weg. Dann nickt er, ganz langsam und vorsichtig, als würde es ihm nicht gefallen, sein Geheimnis preiszugeben.

"Und Du hast es zugelassen," sagt er zu mir.
Und er hat Recht. Ich habe mich keine Minute gegen Max gewehrt. Ich wollte es so, wie er es wollte.

"Du willst ihn genauso wie Du mich willst."
Ich kann die Schuld nicht von mir weisen. Hätte ich nein zu Max gesagt, dann wären wir nie mit ihm nach Costa Rica gefahren und die Geschichte wäre nicht aufgeflogen.

"Und was war mit Laura?"
Er trinkt seinen Wein, vielleicht ist ihm seine Antwort unangenehm.

"Und?"

Er schaut mir in die Augen. Ich merke, wie stark und berechnend er ist, bevor er es sagt.

"Während Du mit Max zusammen warst, war ich bei ihr."

Mir zieht es den Boden unter den Füßen weg.

"Was hast Du gemacht?"

"Ich war mit der Frau von Laurent zusammen."

Ich schüttle meinen Kopf. Ich möchte aufstehen und gehen, ich möchte ihm den Kopf blutig schlagen.

"Was für ein Schwein bist Du?"

"Du warst mit Max zusammen."

"Nur weil Du es wolltest."

"Du wolltest es auch. Sonst hättest Du mich nicht betrogen. Mit Max."

"Wer hat angefangen? War ich zuerst mit Max im Bett, oder Du mit Laura?"

"Du mit Max. Er hat mir und seiner Frau grünes Licht gegeben. Wir haben Regeln, weißt Du."

"Eure Regeln."

Ich schüttle meinen Kopf. Ich habe keine Ahnung, was ich fühle. Ich bin müde, leer. Wenn ich Kraft hätte, dann würde ich ihn vielleicht umbringen.

"Wärst Du mit Laura zusammen gewesen, wenn ich Nein zu Max gesagt hätte?"

"Natürlich nicht. Wie gesagt, wir haben klare Regeln, an die wir uns halten."

"Laurent's erste Frau nicht?"

"Ja."

"Und daher ist auch die erste Ehe von Max gescheitert? Also Laurent's Ehe?"

"Du bist schnell im Verknüpfen von Punkten," sagt mein Mann.

"Was ist passiert?"

"Sie fand Laurent krank. Und mich auch. Es konnte nicht gut gehen."

"Ihr *seid* krank," sage ich.
Er nickt.

"Aber es gefällt Dir. Max gefällt Dir."
Ich sehe ihm in die Augen und sehe sein berechnendes Selbstbewusstsein. Dann sehe ich weg und sage, ganz leise:

"Er gefällt mir. Sehr gut sogar."

Laura's Haut ist braun, viel bräuner als meine. Sie trägt einen rosaroten Bikini wie Reklame um ihren schlanken Körper. Der Bikini gibt mehr preis als er versteckt. Sie hat ihren rechten Arm um Laurent, ihren linken um meinen Mann. Ich sehe, warum sie meinem Mann gefällt. Sie ist ein Mischling, die Mutter aus Vietnam, der Vater aus Deutschland. Die beiden würden ein gutes Paar abgeben. Aber so würden Max und ich es auch tun. Ich meine natürlich Laurent und mich. Beide Männer sehen gut aus, sie sieht aus wie ein Fotomodell. Mit ihren Armen umeinander kommen die drei aus dem Wasser und lachen und dann spritzen sie sich gegenseitig nass, wie Kinder, die die beste Zeit ihres Lebens genießen.

Mein Mann ruft meinen Namen und winkt, ich soll zu ihnen kommen. Dann weiß ich, dass es wichtiger ist, zu meinem Mann zu gehen, als diese Geschichte zu Ende zu schreiben.